구미호 식당

편집자 주

본문에서 '사십구 일'은 사람이 죽고 나서 다음 생을 얻을 때까지의 날수를 뜻하는 '사십구일'로 붙였습니다.

구미호 식당

박현숙
장편소설

특별한서재

차례

불사조를 꿈꾸는 여우

낡은 식당 넓은 유리창으로 달빛이 부서져 내렸다. 대보름 달빛은 한낮의 햇빛에 견주어도 결코 뒤지지 않았다. 유리창에 나와 아저씨의 창백한 얼굴이 고스란히 드러났다.

"열다섯 살이라고 했지? 혹시 누가 물으면 말이다. 뭐라고 대답할까? 아무래도 아빠라고 부르는 게 좋겠다. 그게 제일 자연스러워."

아저씨가 말했다. 그렇지 않아도 사십구일 동안 아저씨와 한집에 살 건데 아저씨와 나의 관계를 누가 물어보면 뭐라고 해야 하나 생각 중이었다. 공연히 어정쩡하게 대답하면 사람들의 호기심을 자극하게 되고 사십구일을 불편하게 보낼 수도 있다.

"그러든가요."

그다지 나쁠 거는 없을 거 같았다.

"별로 마음에 들지는 않지만요."

그렇다고 해서 내가 별 고민 없이 그 말을 덥석 문다는 느낌은 주고 싶지 않았다. 마음에 들지 않지만 지금의 상황이 상황인 만큼 어쩔 수 없이 수락한다는 뜻을 내비치고 싶었다.

"마음에 들지 않는다고? 참 나 원. 너만 그러니? 나도 그래. 나라고 너를 내 아들이라고 말하고 싶겠니? 나는 싱글이거든. 싱글에게 아들이 웬 말이니."

내 말이 땅에 떨어져 먼지라도 묻을까 봐 걱정이라도 되었는지 아저씨는 냉큼 맞받아쳤다. 딱 봐도 사십대 중반으로 보였다. 그 나이 되도록 결혼도 하지 않고 뭘 했느냐고 말하려다 그만두었다. '연애는 필수, 결혼은 선택'이라는 노랫말의 가요가 선풍적인 인기몰이를 하는 걸 보면 어쩐지 그런 질문은 고리타분할 수도 있다.

아저씨와 나는 서호를 만나면서 사십구일을 함께 보내게 되었다.

서호는 식지 않은 뜨거운 피를 원했다. 그래서 망각의 강을 넘기 직전에 제안을 해왔다. 망각의 강을 넘으면 이승과 저승이 완전히 갈라지는 거고 저승으로 갔을 때는 이미 피가 차갑게 식는다고 했다. 그리고 서호는 망각의 강을 넘어설 수는 없으며 또한 차가운 피 따위는 필요치 않다고 했다. 서호는 천 명의 뜨거운 피가 필요하다고 했다. 그걸 얻으면 영원히 죽지 않고 살아있을 수 있다고 했다.

서호의 말에 의하면 사망진단을 받은 사람이라고 하더라도 강을 넘기 전 다시 살아날 가능성을 가지고 있다고 했다. 의학적으로 설명할 수는 없지만 죽었다가 살아났다는 사람들, 그 사람들이 바로 적은 확률의 끈을 가까스로 잡은 사람들이다. 해외 토픽에서 봤던 죽었다 살아 돌아온 사람들 이야기가 그저 만들어낸 이야기가 아니라는 말이다. 살아날 가능성은 누구에게나 있다. 서호는 그 가능성을 자기에게 팔라고 했다.

"어차피 다시 살아난다는 거는 눈에 보이지 않는 먼지와도 같은 확률이지. 거기에 매달리는 대신 나에게 그 확률을 판다면 훨씬 이익이 될 거야. 확실하게 사십구일 동안의 시간을 보장하거든. 그 시간 동안 이승에 머무를 수 있어. 대가는 오직 뜨거운 피 한 모금이야. 판단은 알아서 하고 결정도 오로지 너희들 몫이야. 예상치 못한 이별 때문에 마음 아프지? 만나고 싶은 사람이 있지? 사십구일의 시간을 버는 거, 그거 쉬운 일 아니다. 나를 만난 것은 행운 중에 행운이야."

서호는 세상을 떠나는 모든 사람들을 다 만나기에는 그 수가 많았고 혼자 몸으로 역부족이라고 말했다. 서호는 강으로 내려가는 길, 한쪽 모퉁이에 몸을 숨기고 자기 앞을 지나는 사람들을 잡고 제안을 했다.

"행운을 주는 일을 하면서 왜 숨어서 해? 당당하게 하지 못하고? 내가 뭐 한두 번 속아본 줄 알아? 죽기 전에도 사기를 당했었는데 죽어서까지 그런 일을 당할 만큼 내가 어리숙해 보여?"

서호를 사기꾼 취급하고 믿지 않는 사람들은 뒤돌아보지 않고 강을 건넜다. 자신의 삶에 더는 미련이 없는 사람들도 조용히 망각의 강을 건넜다. 사십구일에서 하루라도 더 얻어내려는 욕심으로 타협하던 사람들은 시간에 쫓겨 어쩔 수 없이 강을 건너기도 했다.

생전 얼굴 한 번 본 적도 없는 나와 아저씨는 죽은 날, 죽은 시간이 엇비슷했는지 나란히 강을 향해 길을 걷게 되었는데 서호가 앞을 가로막았다. 서호가 제안했을 때 아저씨는 앞뒤 재지 않고 바로 그렇게 하겠다고 대답했다.

"그렇지 않아도 이렇게 떠나기 싫었는데 잘되었네. 피 한 모금이 아니라 원하는 것의 배를 줄 테니 시간을 조금 더 늘려줄 수는 없나요?"

"그건 절대 안 돼."

서호는 단호하게 고개를 저었다. 딱 사십구일만 줄 수 있다고 했다.

"할 수 없지 뭐. 사십구일로 합의 보고 나를 우리 동네로 얼른 데려다줘요. 당만동이에요, 당만동."

"어, 나도 당만동 사는데."

나는 놀랍기도 하고 한편으로 반갑기도 했다. 같은 동네 사람과 같은 날 비슷한 시간에 죽었다는 게 신기하기도 했다.

"그래?"

아저씨는 놀란 모양이었다.

"너는 어떻게 할 거야?"

서호가 나에게 물었다. 나는 잠시 망설였다. 나는 비교적 나의 죽음을 담담히 받아들이고 있었다. 아니, 실감이 나지 않는다고 해야 맞는 건가. 아무튼 죽었다는 게 아쉽거나 안타깝거나 그런 거 없었다. 고작 십오 년밖에 살지 않았지만 나의 십오 년은 다른 사람의 백오십 년과 맞먹는 거칠고 험한 시간이었다. 사십구일을 더 산다고 해도 반가울 일도 없었고 딱히 할 일도 없었다.

"글쎄요."

"글쎄요는 무슨 글쎄요? 너도 같이 가자. 너, 개똥밭에 굴러도 이승이 좋다는 옛말 모르냐? 사십구일 동안더 살고 오는 건데 왜 마다해?"

아저씨가 불쑥 끼어들었다.

"얘도 같이 가는 거로 합시다."

그러더니 아저씨 마음대로 결정하려고 했다.

"자신의 의지가 중요해. 억지로 할 수는 없는 거야."

서호가 이번에도 단호하게 고개를 저었다.

"가자고, 가. 이 양반 말대로 갑자기 죽는 바람에 주변 사람들에게 인사도 못하고 왔잖아. 해야 할 일 던져두고 오는 거, 그거 똥 누고 밑 안 닦은 거처럼 찜찜하지 않니? 제대로 된 인사 정도는 해야지."

아저씨 말에 잠깐 생각했다.

할머니가 떠올랐다. 형이라는 인간도 생각났다. 내가 죽든 살든 별 관심도 없는 사람들이다. 할머니는 나만 보면 '차라리 눈앞에서 사라지라'는 말을 입에 달고 살았다. 왜 태어나서 속 썩이느냐는 무지막지한 말도 했다. 내가 태어나고 싶어서 태어난 것도 아닌데 말이다. 할머니는 날마다 내가 죽기를 학수고대하고 있었을

지도 모르는 일이었다. 어서 눈앞에서 사라지기를!

형은 또 어떻고. 나보다 다섯 살 위인 형은 엄마가 다른 나를 아스팔트 바닥에 붙은 껌 취급하는 인간이 었다. 아무 때나 자신의 마음에 들지 않으면 손을 번쩍 번쩍 들어 내리치는 폭력성에 입만 열면 총천연색의 욕 이 혀를 타고 미끄러져 나오는 무식함까지 골고루 갖추 고 있는 인간이기도 했다.

형의 관심은 오로지 돈이었다. 한동안 어떻게 하면 돈을 구해 멋지게 차려입고 클럽에 가서 폼 나게 놀아 보고 사나 이 궁리만 했다. 요즘은 이마 때문에 돈이 필요한 거 같았다. 어쩌다 머리카락 심어주는 이벤트 에 당첨되는 행운을 얻었는데 그날 형은 새로운 사실 을 알게 되었다고 했다. 그동안은 이마가 넓은 줄만 알 고 있었는데 그게 사실은 탈모라는 것이다. 이벤트 당 첨으로 반값에 머리카락 천 가닥을 심어준다는 제의를 받았고 이마에 적당량의 머리카락만 심으면 인물이 몇 배는 업그레이드된다는 말에 현혹되어 할머니에게 머 리카락 심을 돈 좀 달라고 했다가 욕만 실컷 얻어먹었 다. 팔십이 내일모레인 할머니도 머리카락을 심지 않는 데 새파랗게 젊다 못해 어린놈이 무슨 머리카락을 심 느냐고 말이다. 그 뒤 형은 어떻게 하면 머리카락 심을 돈을 구할까 그 궁리뿐이다. 돈이 필요하다고 해서 형 이 스스로 돈을 벌 생각을 하는 사람은 아니다. 몸을 쓰는 일을 하면 몸이 닳을까 봐 걱정이라도 되는지 제 몸 위하기를 황금처럼 하는 인간이다.

형은 내가 동전이라도 갖고 있는 꼴도 못 봤다. 할머니가 감춰둔 돈을 훔쳐내는 데도 귀신이었다. 그리고 그걸 나에게 뒤집어씌웠다. 생각만 해도 머리가 지끈거린다. 돌아가고 싶지 않은 집이다. 돌아가봤자 악다구니 쓰며 싸우는 일의 연장일 뿐이다.

"어차피 사람들 모두 갑자기 죽는 거 아닌가요? 인사를 제대로 하고 죽는 사람이 어디 있겠어요? 귀찮게 뭐 하러 돌아가요?"

"모르는 소리 하고 있네. 정리 싹 하고 죽는 사람들 많아. 그러지 말고 내 말 들어. 한 살이라도 더 먹은 사람 말 들어. 후회할 일 없으니까."

아저씨가 내 옆구리를 찔렀다. 그런데 이 아저씨, 왜 나와 같이 가지 못해 안달인지 모르겠다.

"시간 없어. 빨리 결정해."

서호가 이맛살을 찡그리며 재촉했다. 지금까지 그런 생각이 들지 않았는데 슬쩍 서호의 존재에 대해 의심이 들었다. 저 사람, 믿어도 되는 건가? 뭔가 꿍꿍이속이 따로 있는 거는 아닌가?

"믿든 믿지 않든 그것도 네가 판단해야 하는 거야."

서호는 내 마음속을 귀신처럼 알아차렸다.

"그럼 그러든가요."

의심한 것이 미안하기도 하고 아저씨가 옆에서 자꾸 눈짓을 주는 바람에 허락했다. 따지고 보면 사십구 일 더 산다고 해서 그렇게 손해 볼 것도 없고 말이다. 뜨거운 피를 대가로 주어야 한다고 하지만 죽은 사람에게 피는 이미 필요 없는 거 아닌가. 그까짓것, 시원하게 한 모금 주고 말지 뭐.

내 결정에 서호보다 아저씨가 더 좋아했다. 이 아저씨 진짜 왜 이렇게 친한 척인지 모르겠다.

"그런데 이렇게 만난 것도 인연인데 댁의 정체 정도는 알려주어야 하는 거 아니오? 이름이 서호라는 거 말고 뭐하는 사람인지 정체를 말해봐요."

모든 것이 결정 나자 아저씨는 그때서야 물었다. 서호는 빨간 입술을 잘근잘근 몇 번 깨물더니 차분한 목소리로 말했다.

"여우."

"뭐요?"

아저씨는 자신이 분명 잘못 들었다고 생각한 모양이었다. 눈살을 찡그려 올리며 물었다. 나도 내 귀를 의심했다. 서호는 또렷하게 다시 여우라고 말했다.

서호는 천 년 동안 천 명의 뜨거운 피를 마셔야 비로소 절대 죽지 않는 불사조가 된다고 했다. 그 천 년이 바로 눈앞이라는 말을 할 때 서호의 가늘고 긴 눈꼬리가 파르르 떨렸다.

"천 년 묵은 여우면 구미호 아닌가. 말로만 듣던 구미호를 직접 만나다니 믿을 수가 없군. 가만, 구미호는 사람의 피를 마시는 게 아니라 생간을 먹는 거 아닌가? 내가 알기로는 그런데."

아저씨가 의아한 표정을 지었다.

"생간을 먹는 여우는 그저 한낱 구미호에 불과해. 그

들은 어둠 속만 떠돌아다니지. 나는 그런 것들과는 차원이 달라. 어둠을 정복하고 태양 한가운데를 휘젓고 다니는 불사조로 다시 태어날 거니까."

그 말을 할 때 서호는 어깨를 한껏 으스댔다.

"하긴 댁이 구미호든 뭐든 상관없어요. 불사조가 되든 말든 그것도 나하고는 상관없지요. 다만 사십구일의 시간을 준다는 약속만 찰떡같이 지키면 되는 거지. 자, 이제 어서 나와 이 아이를 당만동으로 데려다줘요. 집에 들렀다가 옷 갈아입고 빨리 만나야 할 사람이 있어요."

아저씨가 재촉했다.

"그런데……."

서호가 무슨 할 말이 남은 듯 입을 오물거렸다.

"집으로 돌아갈 수는 없어. 그건 다시 살아나는 거거든. 나는 시간을 더 주는 거만 할 수 있지 사람을 살려내는 거는 불가능해. 능력이 거기까지는 미치지 못하거든. 다른 얼굴로 집이 아닌 곳으로 가야 해."

서호가 이 말을 하는 순간 아저씨가 서호 멱살을 잡았다.

"뭐야? 살던 곳이 아니라 모르는 곳에 가서 모르는 사람들과 살라는 말이야? 그것도 내 얼굴이 아닌 다른 얼굴로? 이거 완전히 사기꾼이잖아? 그런 거라면 뭐 하러 사십구일 동안 머물러? 그냥 시원하게 떠나고 말지. 우리에게 분명 살아날 확률을 팔라고 하지 않았어? 남의 것을 샀으면 정당한 대가를 지불해야지."

아저씨는 당장이라도 서호를 번쩍 들어 내동댕이칠 거 같았다.

"사람의 목숨은 함부로 주무를 수 있는 게 아니야. 너희들은 나이와 성별과 성격은 그대로 갖고 가지만 얼굴은 다른 모습이 되지. 본래의 얼굴로 머물게 해달라고 떼쓰는 거 제발 하지 마. 다시 한번 말하지만 내 능력으로는 불가능해. 조른다고 될 일이 아니지. 에너지 소비일 뿐이야. 집 말고 어느 장소에서 머물고 싶어? 그거까지는 들어줄게. 꼭 자신의 얼굴을 가지고 집으로 가지 않더라도 원하는 사람들과의 이별은 충분히 할 수 있어."

서호 말에 아저씨는 펄쩍 뛰었다. 꼭 자신의 얼굴로 돌아가야 한다고 했다. 지치고 지친 서호가 없던 일로 하자며 얼른 망각의 강을 건너가라고 말하고 나서야 아저씨는 포기했다.

"나는 버스 정류장과 지하철역이 보이는 곳에 식당 하나 차려줘. 집에 못 가면 식당이 나에게는 제일 편한 장소야. 내가 셰프거든. 그거까지는 해줄 수 있지?"

아저씨 말에 서호는 고개를 끄덕였다.

"너는?"

서호가 나를 바라봤다.

"글쎄요."

딱히 갈 곳이 없었다.

"갈 곳 없으면 나랑 같이 있자. 둘이 있는 게 더 낫지. 이게 잘못된 선택이어도 하나보다는 둘이면 위로

가 되잖아."

　단도직입적으로 말해 혼자 사기 당하는 거보다 둘이 당하면 위로가 된다는 말이군. 나를 잡았던 이유도 그거였구나.

　"이 쪽지에 사십구일 동안 지켜야 할 주의사항이 있어. 지키지 않으면 엄청난 고통이 따라올 거야. 뼈를 깎고 살을 도려내는 고통이지. 그런 일은 없도록 해줘. 사십구일 뒤에 보자. 사십구일이 되는 날, 새벽에 올게."

　서호가 내 손에 쪽지를 쥐여주고 달빛을 따라 회오리바람을 일으키며 사라졌다. 이렇게 해서 살아생전에는 얼굴도 모르던 아저씨와 죽어서 사십구일 동안 함께 살게 되었다.

　"너나 나나 얼굴색이 왜 이 모양이냐? 꼭 죽은 사람처럼 창백하잖아."

　아저씨가 유리문에 비친 얼굴을 보며 투덜댔다.

　"우리는 이미 죽은 사람들이잖아요."

　"에이. 우리는 아직 이승과 저승을 갈라놓는다는 그 강을 건너지 않았잖아. 그러니까 완전히 죽은 거는 아니지. 그리고 서호 말대로 우리는 아직 피가 뜨거워. 피가 뜨겁다는 거는 살아 있다는 증거지. 그런데 얼굴 쪽으로는 피가 순환되지 않는 거 같아. 하얗다 못해 새파란 걸 보면 말이야. 혹시 목 위로는 이미 완전히 죽은 사람 얼굴을 떼다 붙여놓은 거 아니냐? 서호 그 여우, 처음부터 사실대로 다 말하지 않고 결정을 내리고

나서야 이것저것 말해주는 걸로 봐서 사기 기질이 다
분해. 남의 얼굴을 떼다 붙이고도 남을 여우지."

남의 얼굴을 내 목에 붙여놓다니! 끔찍한 상상이다.

"그런 말은 하지 않는 게 좋겠어요. 소름 끼치거든요."

"그래? 하긴 나도 말을 하다 보니 등골이 으스스하
다. 그런데 말이다. 이왕 붙여주는 거 잘생긴 얼굴로 해
주면 좀 좋아. 이게 뭐냐? 원래 내 얼굴에 비하면 얼굴
도 아니다, 얼굴도 아니야."

유리창 가까이 얼굴을 들이밀은 아저씨가 투덜댔다.
솔직히 말해 원래의 얼굴보다 착해 보이는데 뭘. 아저
씨의 첫인상은 한 동네를 주무르는 조폭 같았으니까.
나도 유리창에 얼굴을 가까이 댔다. 갸름한 턱에 눈이
동그란 아이가 유리창 너머에 있었다.

"너는 원래 네 얼굴보다 더 나은 거 같다."

아저씨가 나를 힐끗 보며 말했다.

구미호 식당

"완전 사기꾼한테 제대로 걸렸네."

아저씨는 서호가 쥐여주고 간 주의사항이 적힌 쪽지를 읽는 순간 분함을 참지 못하고 식당 안 의자를 집어던졌다. 공중으로 떠올랐던 의자는 벽에 튕기고 탁자에 한 번 더 튕긴 다음 바닥에 떨어졌다.

"식당 밖으로 나가서는 안 된다니. 그게 말이 되니, 응? 말이 돼?"

사십구일 동안 식당 안에서만 지내야 한다는 거는 좀 심한 말이기는 했다. 하지만 나는 식당 밖으로 나가지 않는다고 해서 딱히 답답할 일도 없었다. 보고 싶은 사람도 없고 해야 할 일도 없으니까. 하지만 성난 고릴라처럼 변한 아저씨를 보며 차마 말이 된다고 할 수는 없었다.

"말이 안 되지요."

망설이지 않고 말했다.

"내가 식당 안에만 처박혀 있을 거면 돌아오지도 않았어. 흥, 내가 그 말을 들을 줄 알고. 언제 봤다고 처음부터 끝까지 반말할 때부터 알아봤어. 순 사기꾼 같으니라고."

아저씨는 서호가 준 쪽지를 박박 찢었다.

"밖에 나가시려고요?"

"나가지 그럼. 나는 만나야 할 사람이 있어. 그 사람을 만나려고 돌아온 건데 식당 안에 처박혀 있는 거는 아무런 의미가 없지."

아저씨는 두 주먹을 불끈 쥐고 소리쳤다.

"하지만 그랬다가는 엄청난 고통이 따라온다고……."

"고통이 있어봤자 죽기밖에 더하겠어? 아니지, 이미 죽었는데 또 죽어야 하겠어? 그깟 고통 참을 수 있어."

아저씨는 어금니를 꽉 깨물었다.

밤은 깊어갔다. 유리창에 가득 차 있던 달빛은 시간이 지나면서 조금씩, 조금씩 스러져갔다. 달빛과 별빛이 스러지고 어둠이 짙어진다는 것은 머지않아 새벽이 온다는 증거다. 온몸이 내려앉는 거처럼 고단했다.

아저씨는 밤을 꼬박 새울 작정인 거 같았다. 화내다 투덜대고 다시 화내기를 반복했다. 잠자기는 다 틀린 거 같아 아저씨 말에 한 번씩 맞장구를 쳐주며 식당 안을 둘러봤다.

사십구일 동안 살기에는 그럭저럭 괜찮은 거 같았다. 솔직히 말하자면 괜찮은 거 같은 게 아니라 훌륭했다. 우리 집보다 훨씬 나았다.

신형 냉장고 두 대에는 음식을 만들 재료가 꽉꽉 차 있었고 창고에도 먹을 것이 넘쳐났다. 사십구일이 아니라 백일 동안 밖에 나가지 않아도 살 수 있을 거 같았다. 거기에다 깨끗한 욕실도 있고 온수도 콸콸 나왔다. 한 가지 흠이라면 방이 달랑 하나밖에 없다는 거였다. 아저씨와 같은 방에서 자야 한다는 것이 약간 마음에 걸리지만 정 불편하면 식당에 나와 자도 되니까, 그건 문제가 되지 않는다. 내가 누구냐? 왕도영이다. 아빠가 술병으로 세상을 떠나기 전까지 아빠의 아들로 십일 년을 살았다. 아빠가 술을 마시고 들어오는 날이면 집에서 쫓겨나 밤이슬을 맞으며 골목에서 밤을 샜다. 아빠는 거의 날마다 술을 마셨으니까 나에게는 방보다 골목이 더 친숙했다. 밖에서 잠을 자는 거에는 도가 튼 몸이다.

"너는 왜 죽었냐?"

화내기도 지쳤는지 물 한 컵을 들이킨 아저씨가 물었다.

"예?"

"왜 죽었느냐고?"

아하, 내가 죽었었지. 깜박 잊고 있었네.

"스쿠터 타다가 그런 거 같아요. 스쿠터를 타고 바람을 가르며 막 달리던 게 마지막 기억이거든요. 와, 진짜 신났는데."

"배달 알바 했냐?"

"아니요. 키가 작아 초등학생으로 보인다고 알바 같

은 거 안 시켜줘요."

"하긴 다리가 심하게 짧아서 키가 더 작아 보인다. 사람은 말이다, 비율이 중요하거든. 키가 커도 다리가 짧으면 작아 보이고 키가 작아도 비율이 잘 맞으면 커 보이지. 나도 너를 처음 봤을 때 초등학생인 줄 알았었지. 하지만 가만히 뜯어보니 초등학생이라고 하기에는 얼굴이 늙었더라고. 얼굴만 보면 대학교 들어가는 나이라고 해도 믿겠던데."

성숙해 보인다는 고급스러운 말도 있는데 꼭 늙어 보인다고 말해야 하나. 아, 재수 없어.

"스쿠터는 왜 탔냐? 그거 애들이 타기에는 아주 위험한 물건인데."

"말하자면 길어요."

내가 수찬이네 가게 앞에 세워둔 스쿠터를 훔쳐 타다가 그렇게 되었다는 말을 굳이 할 필요는 없을 거 같았다. 사십구일 후에는 헤어질 아저씨에게 도둑놈이라는 소리를 들을 필요는 없으니까.

"길면 천천히 해라. 나한테는 별로 중요하지도 급한 일도 아니거든. 그리고 사십구일이나 시간이 있는데."

아저씨는 아까보다는 한결 마음이 진정된 듯 보였다.

"그러는 아저씨는 어쩌다 죽으셨어요?"

"나도 사고였던 거 같다. 자동차를 타고 미행을 하던 게 마지막 기억인 거를 보면 말이야."

"미행이요? 아저씨 경찰이세요?"

셰프라고 했던 말은 거짓말이었나. 스쿠터를 훔쳐

탔다는 말을 하지 않은 것은 정말 잘한 거 같았다. 경찰 앞에서 '나는 도둑입니다' 이러고 고백할 뻔했다. 죽은 아저씨가 죽은 나를 경찰서로 데리고 갈 일이야 없겠지만 정의감에 불타는 경찰이라면 사십구일 동안 시시때때로 그 일을 들춰대며 사람을 피곤하게 할 게 뻔하다. 대부분의 어른들은 아이들을 자신의 스트레스 대상으로 삼는다. 교육이라는 멋진 말을 가면으로 쓰고 말이다. 직업이 경찰이면 가면은 하나가 아니라 두 개가 된다. 어른과 경찰! 생각만 해도 귀찮고 끔찍했다.

"경찰은 아니고."

"그럼요? 경찰도 아닌데 무슨 미행을 해요?"

"그건 차차 말하도록 하자. 너한테는 별로 중요한 일이 아니잖니. 사십구일이라는 시간이 있는데 서두를 일도 아니고. 일단 내일을 위해 조금이라도 자고 보자."

아저씨가 방으로 들어갔다. 나는 아저씨를 뒤따라가지 않았다. 아무래도 그러는 게 좋을 거 같았다. 아저씨도 무슨 생각에서인지 방으로 들어오라는 말을 하지 않았다. 살갑게 친한 척하는 거보다 이러는 쪽이 훨씬 마음 편하다. 아저씨와 이런 면에서 맞는 거 같아 마음이 놓였다.

나는 식당에 있는 탁자 다섯 개를 길게 붙이고 그 위에 누웠다. 그리고 체온을 지키기 위해 팔짱을 끼고 몸을 웅크렸다.

유리창으로 짙은 어둠이 먹물처럼 서서히 스며들고 있었다. 쏴아! 바람 소리가 들리고 유리창이 덜컹거렸다. 그제야 가슴 한쪽이 서늘해졌다. 나는 정말 죽은 걸까? 서늘함은 곧 공포로 바뀌었다. 어서 밤이 지났으면 좋겠다. 밤은 작은 두려움도 큰 공포로 만드는 거대한 힘을 갖고 있다. 나는 박자를 맞춰 덜컹거리는 유리창 소리를 들으며 잠들려고 애썼다.

눈을 뜬 것은 고소한 냄새 때문이었다. 아저씨가 주방에서 뭔가를 지지고 볶고 있었다. 프라이팬을 다루는 솜씨가 능숙했다.

"먹고 나는 나갔다 올란다."

아저씨는 이름을 알 수 없는 요리를 탁자 위에 떡하니 놓으며 말했다. 흠 하나 없는 새하얀 접시 위의 요리는 고급스러워 보였다. 아니 갖은 채소가 들어간 처음 보는 요리의 비주얼은 고급스럽다는 말로는 모자랐다. 찬란하게 빛이 난다고 해야 할까.

무엇을 볶든 지지든 끓이든 냄비째, 프라이팬째 방바닥에 늘어놓고 먹던 평소의 내 식사와는 질이 달라도 백팔십도 달랐다. 내가 이런 대접을 받아도 되는 건가? 특별한 식사에 초대된 듯 경건한 마음도 들고 남의 것을 빼앗은 듯 불안한 마음도 들었다.

맛 또한 흠잡을 곳 없이 완벽에 가까웠다. 셰프라는 직업을 말하지 않고 칼 쓰는 직업이라고 자신을 소개하면 온갖 못된 상상을 동원시킬 거 같았던 것이 아저씨의 첫 모습이었다. 그래서 아저씨가 서호에게 셰프라고 자신을 소개할 때 속으로 콧방귀를 뀌며 흘려들었었다.

나는 나갔다 온다는 아저씨를 말리지 않았다. 아저씨는 고집이 있어 보였다. 내가 말린다고 해서 들을 거 같지도 않았다. 또 한편으로는 서호가 말한 엄청난 고통이 어떤 건지 약간은 궁금하기도 했다. 아저씨가 마루타가 되어준다면야 고마울 거 같기도 했다. 주의사항을 어긴 고통이 그저 참을 만한 거라면 나도 사십구일이라는 시간을 그저 흘려보내지 말고 뭐라도 해야할 거 같았다. 스쿠터! 그거 더 타고 싶다. 스쿠터를 타고 밤새도록 달리고 싶다. 지치고 지쳐 심장이 밖으로 튀어나오려고 할 때까지. 그러면 무지하게 시원하고 개운할 거 같다.

"설거지는 네가 해라. 편히 먹었으니 설거지라도 해야 공평하지."

그렇지 않아도 숟가락을 놓으며 설거지는 내가 해야겠다고 생각하던 참이었다. 아저씨 말을 듣는 순간 그 마음이 자라목 감추듯 사라지고 말았다.

─쨍그랑, 쨍쨍.

요란한 소리를 내며 하기 싫은 설거지를 하고 있을 때 아저씨는 식당에서 나갔다. 끼이익, 나무로 된 출입문이 뒤틀리는 소리를 냈다.

설거지를 마치고 붙여놓은 탁자 위에 벌러덩 누웠다. 아저씨가 어떤 모습으로 돌아올지 궁금했다. 그 결과에 따라 나의 사십구일도 달라지게 되어 있다.

넓은 유리창으로 햇볕이 쏟아져 내렸다. 유리창을

넘어 들어온 햇볕은 점점 키가 자라 탁자를 덮기 시작했다. 나는 햇볕을 피해 굼벵이처럼 아주 조금씩 옆으로 몸을 움직였다.

그때였다.

—덜커덩.

출입문이 열렸다. 문이 열리자 눈부신 햇빛이 한꺼번에 안으로 몰려 들어왔다. 갑자기 얼굴을 덮친 빛 때문에 눈을 뜰 수도 앞이 보이지도 않았다. 나는 손을 휘저어 빛을 쫓으며 몸을 옆으로 틀었다. 그러고 나서야 문 안으로 들어선 사람을 볼 수 있었다.

"장사 안 해요?"

긴 파마머리의 여자였다. 얼마나 꼬불거리게 파마를 했는지 꼭 덤불을 이고 있는 착각이 들 정도였다. 보기만 해도 산만하고 어수선했다. 그런데 저 얼굴! 어디서 본 듯했다. 하지만 어디서 봤는지 얼른 생각이 나지 않았다.

"무슨 장사요?"

"식당이잖아요."

아차! 여기가 식당이었지.

"내일부터 해요. 아직 인테리어가 끝나지 않아서."

나는 당황해서 대충 둘러댔다. 여자는 어수선한 머리를 쓸어 올리며 식당 안을 휘 둘러보고 '가게가 깔끔하네' 이러고 나갔다.

'간판이 달려 있나 보네.'

나는 유리창을 통해 여자가 돌아간 것을 확인한 다

음 밖으로 나왔다. 바로 식당 앞이니 서호가 말한 주의 사항을 어기는 거는 아니리라. 낮에 본 식당 건물은 낡기는 했으나 깨끗했다.

–구미호 식당

나지막한 일층 건물에 달기에는 좀 과하다 싶을 정도로 큰 간판에는 이렇게 쓰여 있었다.

"천 년 묵은 여우가 낸 식당이라고 아주 광고를 해라, 광고를."

한술 더 떠서 간판 글씨는 새빨간 색이었다. 왜 정직하게 구미호 식당이라는 이름을 붙였는지, 무슨 꿍꿍이라도 있는 게 아닌지 의심이 들었다.

나는 한참 동안 간판을 바라보다 안으로 들어왔다. 아저씨 말대로 제대로 된 사기꾼에게 걸려든 것은 아닌지. 잃을 것이 없으니 사기꾼이 무서울 것도 없다는 생각이었지만 털어서 먼지 나오지 않는 사람 없다고 나도 찾아보면 사기당할 구석이 있을 수도 있다.

잠시 후 다시 출입문이 열리고 허리가 구부정한 할머니가 들어왔다. 검은 머리카락이라고는 단 한 올도 보이지 않는 백발을 단발로 자른 할머니는 빨간 스웨터를 입고 있었다.

"인테리어가 끝나지 않아 내일부터 장사해요."

나는 할머니가 묻기 전에 말했다.

"음음, 그렇군. 그런데 여기 메뉴가 뭐뭐 있나?"

할머니는 한발 더 들어와 식당을 둘러봤다.

"메뉴요?"

"뭘 파는 식당이냐고?"

"그냥 원하는 대로요."

나는 또 대충 둘러댔다.

"원하는 대로? 그거 참 마음에 드네. 꼭 다시 와야겠군."

할머니가 돌아간 뒤 나는 출입문을 걸어 잠갔다. 문을 잠그자 평화로움이 찾아왔다. 길게 기지개를 켜며 다시 탁자 위에 널브러지듯 엎드렸다. 햇볕은 등에 내리쬐고 그 따스함이 작은 걱정의 알갱이까지 모두 거둬가는 듯 마음이 평화로워졌다. 나는 잠이 들었다.

얼마나 잤을까, 눈을 떴을 때는 이미 유리창 밖으로 슬금슬금 어둠이 밀려오고 있었다. 아저씨는 아직 돌아오지 않았다. 이 시간까지 대체 어디서 뭘 하느라고 돌아오지 않는 걸까. 슬슬 걱정이 되기 시작했다. 서호가 말했던 그 고통이라는 것이 아저씨와 내가 상상하는 것과도 견줄 수도 없을 정도로 엄청난 것은 아니었을까. 만약 아저씨에게 무슨 일이 생긴다면 사십구 일을 혼자 이곳에 있고 싶은 생각은 전혀 없었다. 이럴 줄 알았으면 서호를 어떻게 불러야 하는 건지 미리 알아나 둘 걸.

어둠은 빠르게 식당 안을 점령했다. 유리창 너머 멀리에는 낮보다 환한 밤거리가 펼쳐졌다.

어둠 속에 웅크리고 앉아 밖을 빤히 바라보고 있을 때였다. 검은 그림자 하나가 어기적거리며 이쪽을 향해 오고 있었다. 두 팔을 휘휘 젓고 제대로 걷지도 못하는 그림자를 보며 가슴이 덜컹 내려앉았다. 아저씨일 거다. 그런데 왜 제대로 걷지도 못하는 걸까.

－쾅쾅쾅.

－털썩.

문을 두드리는 소리와 함께 뭔가 쓰러지는 소리가 둔탁하게 들렸다. 나는 조심스럽게 나무 문을 열었다.

아저씨가 문 앞에 주저앉아 손을 마구 휘저었다. 나는 아저씨를 겨우 부축해 일으켰다. 아저씨는 마치 뼈 없는 해파리마냥 흐느적거리며 중심을 잡지 못했다.

"발가락이 찢어져 나가는 거 같아."

아저씨가 힘겹게 내뱉은 말이었다. 아저씨는 그 말을 끝으로 정신을 잃었다.

꼭 만나야 될 사람을
만나는 방법

아저씨는 밤이 지나고 오후가 되어서야 정신을 차렸다. 정신을 차리고 나서도 말을 하지 못했다. 뭔가 두려워 보였다.

"달걀 프라이 할 줄 알지? 하나만 해줘라. 완전히 익히지 말고."

목소리는 쉰 듯 갈라졌다.

아저씨는 달걀 프라이를 먹고 나서도 별다른 말이 없었다. 흐릿한 눈으로 무슨 생각인지를 깊게 했다.

적막이 식당 안에 가득 찼는데, 그 고요가 견디기 힘들 만큼 길었다. 두렵기도 했다. 아저씨는 대체 무슨 일을 당하고 온 걸까. 나도 혹시 그런 고통을 당하게 되는 거는 아닐까. 앞으로 아저씨와 나에게 어떤 일이 펼쳐질까?

"식당 안에서 지내는 게 좋겠다."

한참 후 아저씨가 말했다. 의기양양하게 식당을 나

서던 아저씨의 모습은 이미 없었다.

"아저씨."

"그만."

아저씨는 흠칫 놀라 소리쳤다.

"아무것도 묻지 마라. 지금은 말하고 싶지 않으니까. 다만 엄청난 고통이었어. 그러니까 밖에 나가지 말라는 말만 하마. 사십 며칠이라는 시간이 있으니까 자세한 것은 천천히 말하도록 하마. 내가 정신 좀 차린 다음에."

아저씨 눈동자 속에서 일렁이던 두려움과 공포는 금세 화산처럼 폭발할 듯 지글지글 타올랐다. 심장이 한순간 쫄깃해졌다.

그렇게 얼마의 시간이 흐른 뒤,

"으으으으."

아저씨가 갑자기 두 손으로 머리를 부여잡고 괴로운 신음 소리를 냈다.

"어디 아프세요?"

"아픈 거 아니다. 후유~ 이제 어떻게 해야 하는지 생각중이다. 내가 다시 살아날 수 있는 확률을 망설임 없이 팔았던 이유는 오로지 하나였다. 그런데 그걸 할 수 없게 되었으니."

으으으~ 아저씨의 신음 소리는 처절했다.

"밖에 나갈 수가 없으니 나에게 주어진 시간을 어떻게 써야 할지 생각을 하는 중이란 말이야. 그런데 머리가 꽉 막혔는지 도무지 아무 생각도 나지 않는구나."

아저씨는 계속 괴로워했다. 그때 유리창 밖으로 사람들이 지나가는 게 보였다. 갑자기 식당을 찾아왔던 사람들이 떠올랐다.

"식당 장사 안 하느냐고 묻는 사람들이 있었어요. 다시 또 올 텐데 뭐라고 하죠? 차라리 문을 걸어 잠그고 있을까요? 지금 이 상황에 음식 만들어 팔고 싶은 생각이 있겠어요? 그리고 우리에게 돈이 무슨 필요가 있어서 힘들여 일하겠어요? 밖에 못 나가니 돈을 쓸 곳도 없을 테고 사십구일이 다 지나고 나면 우리는 떠나야 하고요."

아저씨는 대답하지 않았다.

"문 잠글까요?"

나는 다시 물었다.

"잠깐만."

아저씨는 여전히 머리를 부여잡은 채 말했다.

얼마 후 아저씨는 머리를 부여잡았던 손을 풀고 바로 앉았다.

"음식장사를 하자."

"예?"

"음식장사를 하자고. 온갖 요리 재료가 수두룩하니 어떤 요리든 다 만들어낼 수 있다. 그러니 장사를 하자는 말이야. 음식은 내가 만들 테니 너는 식당 청소를 하고 서빙을 해라."

"힘들게 왜 그래야 해요? 돈 벌어서 뭐 하려고요?"

"돈을 벌려고 그러는 게 아니야."

"그럼요?"

"가만 생각해봤는데 그 방법밖에 없을 거 같다. 밖에 나가지 않고 사람들을 식당 안으로 끌어들이는 방법이 음식을 만들어 파는 거 외에 뭐가 있겠니? 내가 말이다, 이래봬도 솜씨는 꽤 괜찮은 셰프다. 내가 만든 음식을 한 번 맛본 사람들은 거의 중독이 되지. 곧 맛집이 될 테고 그럼 사람들이 줄을 서서 기다리겠지. 그러다 보면 내가 만나야 하는 그 사람도 올 거다. 그 사람은 미식가야. 특히 내 음식 맛에 길들여져 있어. 웬만한 음식에는 만족하지 못하는 사람이야. 꼭 찾아올 거야. 그래, 그 방법이 최고야."

아저씨는 자리를 박차고 일어나 주방으로 갔다. 냉장고를 열고 안을 점검하는 아저씨의 손길이 바빠졌다.

아저씨가 만나고 싶어 하는 사람, 꼭 만나야 하는 그 사람이 누구인지 궁금했다. 하지만 걸핏하면 사십구일이라는 시간이 있으니 찬찬히 말하자는 아저씨가 그걸 말해줄 리 없다.

밤새 영업 준비를 했다. 아저씨는 메뉴를 정하고 내일 만들 음식 준비를 했고 나는 아저씨가 시키는 대로 메뉴를 써서 벽에 붙이고 출입문에 '영업합니다'라고 써 붙였다. 메뉴에서 내가 아는 음식은 한 가지도 없었다. 듣도 보도 못한 음식들로 네 가지의 메뉴가 정해졌다.

"아마 네가 만나고 싶은 사람도 찾아올 수 있다. 그러니 일이 힘들다고 생각하지 마라."

이것저것 시키는 게 미안했던지 아저씨가 말했다.

"저는 보고 싶은 사람 없어요. 차라리 죽은 게 잘되었다고 생각하고 있는 중이었거든요."

"그래? 그렇다면 뭐 하러 사십구일 동안 더 머문다고 했니?"

아저씨가 의외라는 듯 눈을 크게 떴다.

나 원 참, 아저씨가 등 떠밀고 팔 잡아당기며 같이 가자고 했던 걸 그새 까마득하게 잊은 모양이다. 혹시 그 대단한 고통이라는 것이 머리 쪽에 충격을 가하는 것이었나?

"아저씨가 같이 가자고 애걸복걸했잖아요. 혼자 사기 당하기 싫어서."

나는 아저씨 기억을 일깨워줬다. 그제야 아저씨는 고개를 끄덕이며 피식 웃었다. 창백한 얼굴에 흐르는 미소는 섬뜩했다.

"그래도 어차피 이렇게 된 거 보고 싶은 사람을 생각해봐라."

"생각해봤자 없어요."

"부모님이 보고 싶지 않니? 부모님이라도 만날 궁리를 하렴. 너도 이 동네 살았다고 하지 않았니? 만날 가능성이 커. 보고 싶지 않아도 만나고 나면 잘 만났다는 생각이 들 거야. 부모 자식 관계가 원래 그런 거야. 매일 붙어 있으니 무덤덤해지고 좋은 면보다 미운 거만 눈에 띄지. 어떤 때는 원수처럼 보이기도 해. 하지만 사랑이라는 걸 가장 밑바닥에 깔고 있는 게 부모 자식 사이지."

"부모님, 그런 거 없어요."

"그래?"

아저씨는 파 다듬던 손을 멈췄다.

"엄마는 아빠가 하도 두들겨 패는 바람에 제가 네 살 때 가출했어요. 그 뒤로 단 한 번도 연락이 없으니 살아 있는지 돌아가셨는지 알 수 없고요. 뭐 살아 있다고 해도 딱히 보고 싶은 생각도 없어요. 네 살 때 일이라 저는 기억하지 못하는데 아빠가 직접 말해주었어요. 웃기지요? 두들겨 패서 사람 내쫓은 게 무슨 자랑도 아니고. 아빠는 술을 하도 퍼마시는 바람에 병이 들어 제가 사학년 때 돌아가셨고요. 그럼 누구랑 살았느냐고 묻고 싶으시죠? 할머니랑 살았어요. 아빠가 우리 엄마랑 결혼하기 전에 한 번 더 결혼 한 적이 있었는데 그때 낳은 아들이랑요. 저보다 다섯 살 더 먹었는데 완전 양아치예요. 돈을 벌 생각은 안 하고 쓸 생각만 하는 인간이지요. 걸핏하면 때리고 욕하는 거는 기본이에요. 할머니도 다를 거 없어요. 툭하면 화를 내고 차라리 눈앞에서 사라지라는 말을 입에 달고 살거든요. 나는 할머니와 형의 북이었어요. 화나면 화풀이하며 두드리는 북."

사랑이 밑바닥에 깔린 관계라고? 우리 집에는 그런 거 없다.

"할머니도 형이라는 인간도 다시는 만나고 싶지 않아요. 할머니를 만나면 도리어 큰일이에요. 수찬이네 가게 스쿠터를 훔쳐 타다 사고를 냈을 테니 스쿠터가 박살이 났을 거고 할머니가 그 돈을 다 물어주어야 했을 테니까요. 아이고야, 할머니를 만나는 날이 바로 제가 박살나는 날이겠네요."

나는 고개를 절레절레 저었다. 할머니 성질에 박살을 내고도 남는다. 아저씨는 나를 물끄러미 바라보며 이야기를 들었다. 아차, 스쿠터를 훔쳐 탔다는 말을 하고 말았다.

"그렇다면 친구라도 보고 싶지 않느냐는 질문도 사절이에요. 저는 친구 같은 거 없어요. 혼자가 편했거든요. 혼자 학교에 가고 혼자 집에 돌아오고 혼자 밥 먹었어요. 왕따였느냐고 묻고 싶으시죠? 뭐 다른 사람 눈에는 그렇게 보였을 수도 있어요. 하지만 나는 그런 생각도 안 했어요. 자기 스스로 왕따라고 생각하는 거는 아이들과 어울리고 싶은 마음이 조금이라도 있을 경우거든요. 하지만 저는 혼자가 편했으니까 그런 생각 해본 적 없어요. 다만 괴롭히려는 아이가 있으면 박살을 내주었지요. 죽기 살기로 대들어서 다시는 깔보지 못하게 만들어버렸어요. 덩치가 작아도 죽을 마음먹고 대들면 몸 안 깊숙이 있던 힘이 다 나오거든요."

아저씨는 내 말을 듣고 나서 파를 마저 다듬기 시작했다.

내가 아저씨에게 시시콜콜 내 이야기를 다 늘어놓은 것은 질문을 미리 차단하기 위해서였다. 나에 대한 질문은 사절이라는 뜻이다. 나는 나에 대해 이야기하는 것을 싫어한다. 도무지 웃으면서 말할 수 없고 웃는 얼굴로 들을 수 없는 그런 이야기들. 그건 말하는 사람이나 듣는 사람 모두에게 고통이고 고문이다. 아저씨는 머리가 나쁜 사람은 아니었다. 더 이상 나에 대해 질문하지 않았다.

"어차피 이렇게 된 거 아저씨를 돕는다고 생각할게요. 저는 특별히 하고 싶은 일도 없어요. 이 세상을 완전히 떠나기 전에 좋은 일 하나 한다고 생각하지요 뭐. 아저씨가 하고 싶은 일을 하세요. 힘껏 도울게요."

이 말은 진심이었다.

"그렇게 생각해준다니 고맙구나. 아, 골뱅이가 있었으면 좋았을 텐데. 골뱅이로 튀김을 만들면 그야말로 일품이거든. 그 사람은 골뱅이 튀김도 좋아해. 그걸 판다는 말을 들으면 한달음에 찾아올 텐데."

아저씨는 냉동고를 뒤적이며 한숨을 쉬었다.

"우유도 없군. 식빵을 우유에 살짝 적신 다음 달걀을 씌워 튀긴 후 탕수육 소스를 뿌려주면 맛이 끝내주는데. 그것도 그 사람이 좋아하는 음식이야."

그 사람이 누구인지 몰라도 아저씨가 끔찍이 좋아하는 사람임에는 틀림없다. 좋아하는 음식을 정확히 알고 있고 또 그걸 만들어 먹이고 싶어 하는 걸 보면 말이다.

"그 사람이 누구인지 물어봐도 돼요?"

"아니."

아저씨는 잘라 말했다. 물어본 게 자존심 상할 만큼 단호했다.

"하긴 별로 궁금하지도 않아요."

나는 쏘아붙였다.

"나중에 천천히 말하도록 하마. 우리에겐 사십일이 넘는 시간이 있으니까."

그럴 줄 알았다.

내일 장사할 준비를 마친 아저씨는 이번에는 거울 앞에 서서 옷 걱정을 했다.

"휴우, 무릎 나온 바지에 목 늘어난 티셔츠를 입고 음식을 만들어 팔게 생겼군. 이럴 줄 알았으면 셰프복을 입고 미행을 하는 건데. 마지막 그날로 되돌아갈 수 있다면 옷이라도 바꿔 입고 오고 싶구나."

아저씨 말에 나는 그제야 내가 뭘 입고 있는지 확인했다. 나라고 해서 아저씨보다 나을 것은 없었다. 형이라는 인간이 입다 던져버린 파란색 트레이닝복이었는데 바지를 세 번이나 둘둘 말아 입었다. 윗도리도 마치 자루를 뒤집어쓴 거처럼 펑퍼짐했다. 그날, 할머니한테 야단맞고(형이라는 인간이 할머니 돈을 훔친 날이다) 집에서 뛰쳐나오는 바람에 옷을 갈아입을 시간도 없었다.

"옷은 그렇다 치고 얼굴이라도 좀 마음에 들면 좋을 텐데. 이게 뭐야, 밥맛 떨어지고 기분 나쁘게 생겼잖아. 가만 있어보자. 문지르면 혈색이 좀 돌려나."

아저씨는 얼굴을 박박 문질렀다. 하지만 얼굴색은 조금도 변하지 않았다. 아저씨는 이를 갈아가며 서호 욕을 해댔다. 도대체가 생각이라고는 없는 여우라고 말이다. 셰프라고 말하며 식당을 하나 열어달라고 부탁을 했으면 음식을 해서 팔 거라는 짐작은 했을 거고, 그러면 식당에 걸맞는 얼굴을 떼다 붙이든지 했어야 했다고 말이다. 한참 동안 열을 내던 아저씨가 갑자기 히죽 웃었다.

"그래도 설레기는 한다. 그 사람을 만날 수도 있다고 생각하니. 한편으로는 서호라는 여우가 고맙기도 해."

이건 뭐 조울증 환자도 아니고. 금세 화냈다 금세 히죽거리고.

구미호 식당의 메뉴는
고급지다

    첫 손님은 어제 찾아왔던 머리가 산만한 여자였다. 여자는 무척 피곤해 보였다. 윤기라고는 조금도 찾아볼 수 없는 부석부석한 얼굴은 부었고 눈은 충혈되어 있었다. 머리는 어제보다 더 어수선했다. 여자는 벽에 붙은 메뉴판을 보며 약간은 실망한 눈치였다. 그런데 저 여자를 어디서 봤더라. 분명 낯익은 얼굴인데.

    "따뜻한 국물 음식은 없나요? 몹시 춥거든요."

    여자는 길고 마른 손가락으로 턱을 매만지며 물었다. 손가락이 턱을 스칠 때마다 버석거리는 소리가 났다. 지금 날씨에 춥다는 걸 보면 어디가 아픈 게 분명했다.

    나는 머뭇거렸다.

    ㄴ 크림말랑
    ㄴ 참돔탕수육

ㄴ 고구마탕
ㄴ 짤리오떼

네 가지 메뉴 중에 먹어본 것은 단 한 가지도 없었다. 어떤 것이 따뜻한 국물 요리인지 알 턱이 없었다. 고구마탕이 국물 요리려나? 탕이라는 말이 들어갔으니까 그럴 확률이 높다. 주방에서 내다보고 있던 아저씨가 재빨리 달려 나왔다.

"크림말랑이 따뜻한 국물 요리랍니다."

아저씨는 친절하게 말했다.

"저는 얼큰하고 속을 확 풀어줄 국물을 원했거든요. 제가 몹시 추워서요. 크림말랑도 얼큰한가요?"

여자가 물었다.

"손님의 취향대로 얼큰하게 해드리지요. 드시고 나면 땀이 확 나실 겁니다."

아저씨 말에 여자는 두 말도 하지 않고 크림말랑을 시켰다.

나는 탁자 위에 숟가락과 젓가락 그리고 포크를 놓았다. 그러면서 여자를 힐끗거렸다. 분명 낯익은 얼굴인데 누구인지 여전히 기억은 나지 않았다. 그래, 내가 이 동네에서 십오 년 가까이 살았다. 길거리에서 봤겠지.

"이름이 왜 구미호 식당이에요?"

"예?"

생각지도 못한 질문이다.

"식당 이름을 왜 구미호 식당이라고 지었느냐고요?

특별한 이유라도 있나요?"

특별하긴 특별하지. 천 년 묵은 여우가 만들어준 식당이니까. 나는 힐끗 주방 쪽을 바라봤다. 아저씨는 음식을 만드느라고 정신이 없었다.

"저, 저도 잘 모르겠어요. 아빠가 마음대로 지은 이름이거든요."

얼마 후 아저씨는 커다란 그릇을 들고 나왔다. 그릇 안에는 우유처럼 뿌연 국물이 들어 있었다. 그리고 정체를 알 수 없는 건더기도 있었다.

"손님, 색깔은 크림색이지만 드셔보시면 얼큰할 겁니다."

아저씨는 크림말랑이 들어 있는 그릇을 탁자 위에 공손히 내려놓았다. 얼핏 봐도 손님을 대하는 모습이 오랫동안 길들여진 품위 있고 고급스러운 몸짓이었다. 아저씨가 죽기 전에 일했던 곳은 어디였을까? 모르긴 몰라도 오성급 호텔 식당 정도는 되었을 거 같다.

"음, 깊은 맛이에요. 몸에 온기가 돌아요."

국물을 한 입 떠먹은 여자가 감탄했다. 아저씨 입가로 만족의 미소가 스치고 지나갔다.

"그런데요."

아저씨가 주방으로 가려는 순간 여자가 불러 세웠다.

"이 식당 이름이 왜 구미호예요?"

여자가 말하는 순간 아저씨는 놀라는 눈치였다. 한순간 아저씨 표정이 말도 못하게 복잡했다.

"그건……."

아저씨는 눈을 가늘게 뜨고 아랫입술을 잘근잘근 깨물었다.

"별 뜻은 없답니다. 제가 어렸을 때부터 구미호가 나오는 옛이야기를 진짜 좋아했거든요. 어찌나 재미있던지 읽고 또 읽어도 계속 읽고 싶었지요. 요리사가 되어서는 나중에 내 식당을 내게 되면 이름을 구미호라고 해야겠다는 결심도 자연스럽게 하게 되었고요. 하하하 하하, 듣고 보니 시시하지요?"

아저씨가 목을 젖히고 웃었다. 아, 저렇게 크게 웃지는 말아야 했다. 새파란 색이 도는 창백한 얼굴과 큰 웃음은 전혀 어울리지 않았다. 어울리기는커녕 꼭 집어 말할 수는 없지만 그 웃음은 기분 나쁘게 야릇했다. 여자는 얼굴을 찡그리고 아저씨를 바라봤다.

"자, 자, 그럼 맛있게 드세요."

아저씨는 여자의 반응에 정색을 하고 서둘러 주방으로 들어갔다. 그러더니 샐러드 한 접시를 서비스라고 내왔다. 여자는 크림말랑과 샐러드를 박박 긁어먹었다.

여자가 계산을 하려고 할 때 아저씨는 손을 내저었다.

"개업하고 첫 손님입니다. 공짜입니다. 대신 소개를 많이 해주세요. 아주 많은 사람들에게 알려주세요. 특히 크림말랑이라는 음식을 판다는 말도 빼먹지 마시고요. 크림말랑은 우리 식당에서만 파는 음식이랍니다. 제가 개발했거든요."

아저씨 말에 여자는 거의 감동 먹고 돌아갔다. 입 아프게 식당 소개를 하고 다니겠다는 말도 열 번 넘게 했다.

두 번째 손님은 어제 왔던 백발을 단발로 자른 할머니였다.

"메뉴가 정해져 있나 보네. 원하는 대로 다 해준다고 하지 않았었나?"

백발 할머니는 메뉴를 보며 이맛살을 찡그렸다.

"무엇을 원하시나요? 지금 있는 재료로 가능한 음식이면 뭐든 만들어드리지요."

아저씨가 냉큼 말했다.

"시원한 콩나물찜을 먹고 싶은데. 해물을 넣지 않고 오직 콩나물로만 만든 찜 말이오. 벌써부터 그게 먹고 싶었는데 그걸 파는 식당을 찾는 게 쉽지 않더라고. 다들 해물을 잔뜩 넣어 만든다고 하더라고."

"문제없습니다."

아저씨는 조금의 망설임도 없이 말했다.

"그런데 식당 이름이 왜 구미호 식당이지?"

음식을 기다리며 백발 할머니가 물었다.

"셰프 님이 어렸을 때 구미호 이야기를 진짜 좋아해서요."

나는 아저씨가 했던 말을 들려주었다. 백발 할머니는 아무 말 없이 고개를 끄덕였다.

"알바 하니?"

잠시 후 백발 할머니가 물었다.

"아니에요, 아빠와 아들이에요."

"그래, 요즘같이 경기가 어려울 때는 공연히 돈 들여

서 남의 손 빌리려고 하지 말고 식구끼리 일하는 게 최고지. 사람 써 봐, 돈은 그리로 다 나간다니까. 잘 생각했네. 나도 예전에 음식 장사를 했는데 말이야."

백발 할머니는 음식이 나올 때까지 옛날에 닭집을 했던 이야기를 끊임없이 늘어놨다. 닭으로 만들 수 있는 요리는 다 만들어서 팔았는데 낮이고 밤이고 손님들이 모여드는 통에 그때 하도 고생을 해서 지금도 손가락 마디마디가 다 아프다고 했다.

"그렇게 해서 큰돈이나 벌었으면 또 몰라. 음식 값을 싸게 받아서 별로 남는 것도 없는 데다 손님이 많으니 일하는 사람을 많이 써야 했지. 그러니 버는 돈은 거의 대부분 그대로 나갔어."

할머니는 말을 하며 중간중간 진저리를 쳤다. 세상에서 가장 힘든 거는 음식 장사라고 말이다. 슬슬 백발 할머니의 말에 맞장구치는 게 지겨워질 때쯤 콩나물찜이 나왔다.

"요리사 양반이 얼굴은 오뉴월에 피죽도 한 그릇 못 먹어본 사람마냥 다 죽어가게 생겼는데 음식 솜씨는 보통이 아니네. 이렇게 맛있는 콩나물찜은 처음 먹어 봐."

백발 할머니는 콩나물찜을 거의 입에 퍼붓다시피 했다.

"그냥 가세요. 개업하는 날이라 공짜예요."

백발 할머니가 허리춤에 구겨 넣었던 오만 원짜리 지폐를 꺼내 내밀자 아저씨가 고개를 저었다.

"으응? 이렇게 맛있는 음식을 그냥 거저 주어도 되는

거요?"

백발 할머니도 머리가 산만한 여자처럼 감동 먹은 얼굴이었다.

"대신 소개를 많이 시켜주세요. 특히 크림말랑을 한다는 말을 많이 퍼뜨려주세요."

"크 크 크림 뭐?"

"크림말랑이요. 이름이 좀 어렵지요? 하지만 입에 달라붙으면 쉬워요. 적어드릴게요. 소문 많이 내주시면 할머니가 원하는 음식을 해드리지요."

아저씨는 종이에 '크림말랑'이라고 적어 백발 할머니 손에 쥐어주었다.

"공짜로 귀한 음식을 먹으니 고맙긴 한데 딱 보니 몸도 성치 않은 거 같은데 이래도 되는 건지, 원."

백발 할머니는 선뜻 식당 밖으로 나가지 못하고 아저씨 얼굴을 바라봤다.

"저요?"

아저씨가 손가락으로 자신의 얼굴을 가리켰다.

"요리사 양반도 그렇고 아들도 그렇고 얼굴을 보니 어디가 아픈 거 같은데 이래도 되는 건가 양심에 찔려서."

"아이고야, 별 걱정을 다하십니다. 우리 둘 다 무지하게 튼튼하니 그런 걱정은 붙들어 매시고 식당 소문이나 잘 내주세요."

아저씨가 얼굴 가득 웃음을 머금고 말했다.

"알았어. 음식 솜씨는 물론이고 인정도 넘치는 식당이라고 소문 내줄게. 그리고 수일 내로 우리 친구들하고 또 올게."

백발 할머니는 크림말랑이라고 쓰인 종이를 계속 읽으며 돌아갔다.

백발 할머니가 돌아가고 난 후 삼십 분도 지나지 않아 세 번째 손님이 왔다. 진한 화장에 반지며 목걸이를 요란스럽게 한 아줌마 둘이었다. 아줌마 중 노란 블라우스를 입은 아줌마는 들어오자마자 화장실로 직행했다.

"얘."

탁자 앞에 앉은 파란 셔츠를 입은 아줌마가 나를 향해 손가락을 까닥였다.

"크림말랑이 어떤 음식이니? 고급 음식이니?"

"예. 고급이에요."

내가 아까 처음 접한 크림말랑은 있어 보이는 음식이었다. 은은한 색깔에 고소한 냄새.

"그래? 맛은 어때?"

"국물 요리인데 얼큰하게 해달라고 하면 얼큰하게 해줘요."

"지저분해 보이는 음식은 아니지? 없어 보이는 음식이 아니냐는 뜻이야."

"전혀요."

그때 노란 블라우스 아줌마가 돌아왔다.

"우리 크림말랑 시킵시다. 제가 유럽 여행을 갔을 때 먹어본 적이 있거든요. 어디였더라? 아, 맞아요. 체코 프라하였어요. 아름다운 도시에서 아름다운 음식을 먹었었지요. 꽤 고급스러우면서도 얼큰한 국물이 일품이에요."

파란 셔츠를 입은 아줌마는 입가에 미소를 머금고 말했다. 거짓말 한 번 줄줄줄 매끄럽게 잘도 했다.

"아유, 역시 여행을 많이 다녀보셔서 음식에 대해 아는 것도 많군요. 알아서 시키세요."

노란 블라우스 아줌마가 말했다.

"얘."

파란 셔츠 아줌마는 턱을 약간 치켜들고 거만한 모습으로 손가락을 까닥여 나를 불렀다.

"우리 둘 다 크림말랑으로 주문할게."

크림말랑이라고 말할 때 코에 바람은 왜 잔뜩 집어넣나 모르겠다. 그렇게 하니까 꼭 이태리 말을 하는 거 같았다.

음식을 기다리며 파란 셔츠 아줌마는 여행 다녀온 것을 자랑하느라고 바빴다. 파란 셔츠 아줌마 말로는 비행기는 비즈니스석에 숙박은 칠성급 호텔, 먹는 것은 유명한 레스토랑까지, 재벌이 아니면 감히 엄두도 못 낼 여행이었다. 노란 블라우스를 입은 아줌마는 심각하고 진지하게 고개까지 끄덕이며 파란 셔츠 아줌마 말을 들었다.

"그 땅을 사면 일 년 내에 네 배로 오른다니까요. 그러면 저처럼 여행 다니며 살 수 있어요. 제 말을 믿으세요. 아버님에게 재산 중 일부를 뚝 떼어달라고 하세요. 그 재산 다 뭐 하시려고 안 주신대요?"

"그러게요. 꽁꽁 쥐고 안 주시네요. 자식에 대한 사랑이 전혀 없으신 거 같아요. 하긴 어렸을 때부터 아버지는 단 한 번도 자식들에게 다정하게 말을 건네본 적도 없는 거 같아요."

노란 블라우스 아줌마 얼굴에 살짝 그늘이 스쳐갔다.

온갖 잘난 척에 있는 척을 다하던 파란 셔츠 아줌마는 음식 값을 낼 때가 되자 거울을 보는 척하며 의자에서 일어나지 않았다.

"오늘은 개업이라 공짜입니다."

노란 블라우스를 입은 아줌마가 계산을 하려고 하자 아저씨가 말했다.

"어머, 이렇게 고급 음식을 공짜로 먹어도 되나요?"

노란 블라우스 아줌마는 어쩔 줄 몰라 했다.

"체코 프라하에서 먹던 크림말랑보다 맛이 좀 떨어지긴 하네."

그제야 파란 셔츠 아줌마가 참견했다. 아저씨가 파란 셔츠 아줌마를 힐끗 바라봤다. 창백한 얼굴에 시퍼렇게 번득이는 눈을 본 파란 셔츠 아줌마는 어깨를 움찔했다.

"소개 좀 많이 해주세요. 특히 크림말랑을 판다는 말을 널리널리 퍼뜨려주세요."

파란 셔츠 아줌마에게서 눈을 거둔 아저씨는 노란 블라우스 아줌마에게 말했다.

"그럼요, 그래야지요. 주소와 전화번호가 있는 명함 있으면 주세요."

"명함은 없습니다. 그런 거 없어도 찾기 쉬워요. 강두역 5번 출구에서 직진으로 오십 미터입니다."

노란 블라우스 아줌마는 아는 사람들에게 꼭 소문 내주겠다고 말하며 식당에서 나갔다.

점심때가 지나자 날씨가 흐려지나 싶더니 빗방울이 유리창을 때렸다. 아저씨는 유리창 앞에 서서 멍하니 창밖을 바라봤다. 지하철역 근방에 사람들이 분주하게 오갔다.

"아까 까닥 잘못했으면 파란 셔츠 입은 그 여자를 밥 먹는 중간에 내쫓을 뻔했어. 겨우 참았지. 나는 거짓말 하는 사람이 세상에서 제일 싫어. 정말 끔찍할 정도로 싫지. 그 여자, 아주 뻔뻔한 얼굴로 태연하게 거짓말을 잘도 하더구나. 허세도 장난 아니었어. 노란 블라우스 여자에게 돈을 뜯어 한탕 하려는 게 분명해. 주변에 그런 사람이 꼬일 때 조심해야 해. 자신은 물론 부모까지 나락으로 떨어지게 할 수 있으니까. 하지만 참길 잘했지. 시간이 많지 않은데 좋은 소문이 나야 사람들이 몰려오니까. 아 참."

아저씨는 무슨 생각이 난 듯 뒤돌아봤다.

"방에 가서 혹시 달력 있나 봐줘. 아니다, 내가 가보마."

아저씨는 재빨리 방으로 달려 들어갔다.

"달력이 없구나. 대신 이걸 쓰는 게 좋겠어."

아저씨는 백지 한 장을 벽에 붙였다.

"오늘이 사십구일에서 삼 일째야. 시간은 아직 넉넉해."

아저씨는 백지에 동그라미 세 개를 그렸다. 더 이상

손님은 오지 않았다. 사십구일에서 삼 일째 되는 날은
이렇게 마무리 되었다.

뜻밖의 만남

백발 할머니가 친구들을 몰고 왔다. 하나같이 허리
가 굽었고 약속이나 한 듯 백발들이었다. 그리고 다들
말이 참 많았다. 백발 할머니와 친구들이 찾는 음식은
나에게는 낯선 것들이었다.

콩나물만 넣은 콩나물찜을 기본으로 된장만 풀어
끓인 자작한 된장찌개, 감자만 넣어 졸인 감자조림, 백
발 할머니와 친구들은 음식에 이것저것 넣는 것을 싫
어했다. 오로지 하나의 재료만 넣은 맛을 원했다. 그리
고 아저씨가 만들어내는 음식을 먹으며 깊은 맛이라고
감탄했다.

깊은 맛이 궁금해 서빙을 하며 슬쩍 맛봤다. 도대체
가 무슨 맛이라고 딱 집어 말할 수 없는, 사람의 눈에
비유하자면 흐리멍텅한 그런 맛이었다. 뭐야, 할머니들
혀에 문제 있는 거 아닌가.

문득 우리 할머니가 떠올랐다. 생각해보니 우리 할

머니도 그랬던 거 같다. 할머니는 한 해 한 해 나이가 들어갈수록 음식 맛을 알 수 없다고 했다. 그 맛이 이 맛 같고 저 맛도 그 맛 같다면서 말이다. 할머니는 간도 못 봤다. 어떤 날은 국이 맹탕이고 또 어떤 날은 짜서 입을 댈 수가 없었다.

아저씨는 백발 할머니 친구들이 원하는 음식을 대접하고 음식 값은 받지 않았다. 아저씨가 원하는 거는 하나였다. 소문을 내달라는 것. 특히 크림말랑을 파는 식당이라고 알려달라는 것이었다.

백발 할머니는 밥값은 제대로 하겠다는 의지가 활활 타올랐다. 며칠을 죽으라고 외워도 자꾸 까먹는 크림말랑을 수시로 열심히 되뇌었다. 할머니의 친구들도 손바닥에 크림말랑을 써서 외우고 또 외웠다.

백발 할머니의 홍보가 먹혔는지 갑자기 손님이 늘어났다. 사람이 몰려드는 만큼 나와 아저씨는 말도 못하게 바빠졌다. 아저씨는 주방에서 나오지 못했고 그 바람에 나는 서빙에 계산 그리고 청소까지 혼자 해야만 했다.

아저씨는 바쁜 중에도 중간중간 음식 먹는 사람들 얼굴을 확인했다. 그럴 때마다 아저씨 얼굴에는 실망의 빛이 이끼처럼 짙게 끼어갔다.

돈 통에 돈은 쌓여갔고 돈이 어느 통장으로 들어가는지도 모르는 카드를 수없이 긁어댔다. 아저씨는 돈 통에 돈이 쌓이면 자루에 쏟아부어 냉장고 옆 공간에 넣어놨다.

사람들이 몰려들고 정신없이 바빠지고 벽에 붙인 백지에 동그라미가 늘어가도 아저씨가 기다리는 사람은 오지 않았다.

"벌써 이십 일이 지났네. 아, 사십구일은 긴 시간이 아니었어. 무슨 수를 써야겠어. 이러다 남은 날들을 장사나 하면서 그저 흘려보내면 큰일이야. 시간이 이렇게 빨리 가는 건 줄 예전에는 미처 몰랐다. 나에게 주어진 시간은 영원한 줄 알았어. 그런데 새털처럼 가볍게 휙휙 날아가는구나."

동그라미가 스무 개 되는 날 아침, 아저씨가 심각해졌다.

"오늘 서빙을 하면서 페이스북이나 인스타그램을 열심히 하는 사람을 찾아보렴. 그 사람에게 십오 일 식사권을 제공하고 식당 이벤트를 올려달라고 해야겠어."

"무슨 이벤트요?"

지금도 정신없을 정도로 바쁜데 사람들이 더 몰려온다면 그야말로 큰일이다.

"그건 곧 알게 될 거야. 나는 무슨 수를 써서라도 그 사람을 만나고 가야 해. 너는 오늘 SNS를 열심히 하는 사람을 꼭 찾도록 해. 많으면 많을수록 좋아. 그래, 왜 여태 그 생각을 못했을까. 그러면 되는 것을."

아저씨는 이벤트 생각에 기분이 풀렸는지 콧노래를 흥얼거리며 장사 준비를 했다.

점심 무렵이 되자 천둥 번개가 치며 비가 쏟아지기

시작했다. 폭우였다. 거기에다 바람까지 불기 시작했
다. 식당 지붕은 비바람에 당장이라도 주저앉을 거처
럼 흔들리고 위태로웠다.

거리는 바로 앞도 보이지 않을 정도로 비바람이 자
욱했고 온 세상은 회색이었다. 이런 상태라면 오늘 식
당은 파리 날리게 생겼다.

"하늘이 도와주지 않는구나."

아저씨는 유리창 너머를 바라보며 한숨을 쉬었다.

부푼 마음으로 잔뜩 준비했던 음식 재료들을 주방
싱크대 위에 쌓아놓고 아저씨는 방으로 들어갔다. 나
는 벽에 붙은 종이를 바라봤다. 스무 개! 이제 이십구
일이 남았다. 대체 아저씨가 기다리는 사람은 누구일
까. 어떤 관계이기에 저토록 만나고 싶어 하는 걸까.

나는 식당 한쪽에 쪼그리고 앉아 무릎에 얼굴을 묻
었다. 아저씨 말대로 시간은 빨리 지나갔다. 나도 시간
이 이렇게 빨리 가는 줄 예전에는 미처 몰랐었다.

비바람은 더욱 강해지고 천둥 번개까지 요란을 떨었
다. 알지 못할 두려움이 머리를 짓누르고 지나갔다. 아
주 잠깐이었지만 그 느낌은 강했다. 죽음이라는 단어
가 머릿속에 떠올랐다. 수찬이네 가게 스쿠터를 훔쳐
타고 내달리던 그날, 나는 죽었다. 그리고 이십 일이 지
났다.

나는 정말 죽은 걸까. 손가락을 세워 얼굴을 더듬었
다. 손바닥 가득 들어오던 두툼한 얼굴과는 다른 작은
얼굴, 커다란 눈, 갸름한 턱, 낯선 얼굴이다. 그래, 나는

죽은 거다. 밖에 나갈 수 없다는 거, 얼굴이 내 얼굴이 아니라는 거, 조금씩 내가 죽었다는 게 실감났다.

아저씨 말대로 나는 죽기 전에 이제 죽을 거라는 인사를 누구에게도 하지 못했다. 죽을 줄은 꿈에도 몰랐으니까. 여느 때처럼 가뿐하게 스쿠터 페달을 밟고 있었고 속도는 적당했으며 자동차도 뜸한 도로였다. 나는 그 도로를 달리고 난 후 다시 내 자리로 돌아올 거라고 믿었었다. 오늘도 내일도 그리고 모레도 그렇게 내 생활은 지속될 줄로 믿었었다.

아, 생각해보니 미처 하지 못한 일이 있다. 형이라는 인간을 피해 학교 사물함 속에 감춰둔 돈 만 천 원, 그 돈을 쓰지 못했다. 아까워라. 그리고 얼마 전 버티고 버티다 할머니에게 욕을 한 바가지 얻어먹으며 새로 산 체육복은 겨우 두 번 입었을 뿐이다. 남들은 체육복을 한 번 사면 삼 년을 입는데 너는 왜 이 년도 못 견디고 떨어지느냐고 할머니는 화를 냈다. 치사해서 사고 싶지 않았지만 체육 선생님은 체육복을 입지 않는 걸 끔찍할 정도로 싫어했다. 그렇게 산 체육복을 더는 못 입게 된다는 것이 억울했다. 이럴 줄 알았다면 절대 사지 않았을 텐데. 아니 죽는 날, 헐값에 중고로 팔기라도 할걸. 그리고 민주 그 계집애. 내 옆을 지나갈 때면 쓰레기통 냄새를 맡듯 코를 킁킁대며 얼굴을 찡그리던 그 못된 계집애를 아직 한 번도 손봐주지 못했는데…… 이럴 줄 알았다면 속 시원하게 한 번 손 좀 봐주는 건데.

죽을 줄 알았더라면 급식 때마다 내 식판에 고기를 듬뿍 올려주며 많이 먹어야 키 자란다고 말해주던 오른쪽 뺨에 큰 점이 있는 급식 도우미 아줌마에게 고맙다는 말이라도 해줄걸. 그런 말 하기가 왠지 쑥스러워 내일 해야지, 모레 해야지, 미루기만 했었다. 이제 그 시간으로 되돌아갈 수 없다니. 죽었다는 사실보다 되돌릴 수 없는 시간이 아쉬웠다. 정말 어느 날 갑자기 예고도 없이 죽을 줄은 꿈에도 몰랐다.

-삐그더억.

그때 문 열리는 소리가 들렸다. 고개를 들던 나는 한순간 기절하는 줄 알았다. 형이었다. 나는 팔뚝으로 눈을 비빈 다음 다시 문 쪽을 바라봤다. 틀림없이 형이었다. 저 인간이 여기에 무슨 일이지? 여길 왜 왔지? 가슴이 폭발할 듯 뛰었다. 나는 기어서 주방으로 들어가 숨었다.

"계세요."

쉰 듯한 거친 목소리. 들을 때마다 귀를 틀어막고 싶었던 목소리.

-쿵.

방문 여닫는 소리가 들렸다.

"어서 오세요."

아저씨 목소리가 경쾌했다.

"알바 구한다고 해서 왔는데요."

뭐라고? 나는 자리에서 벌떡 일어날 뻔했다.

"아, 예. 그쪽으로 앉아요."

알바를 구하다니. 나는 전혀 모르고 있었다. 그리고 알바를 구해도 그렇다. 왜 하필 저 인간이람. 그리고 저 인간이 갑자기 머리에 벼락이라도 맞았나? 그렇지 않고서야 돈이란 버는 것이 아니라 쓰는 것이라는 생각이 돌처럼 굳어진 인간이 알바 자리를 구해 다닐 수는 없다.

"대학생인가요?"

"아니요, 스무 살인데 이 년 전에 고등학교 중퇴했어요. 학교라는 것이 심심해서 다닐 수가 없더라고요."

"검정고시 준비하는군요?"

검정고시는 개뿔. 형은 공부와는 담을 쌓았다.

"뭐, 그렇다고 해두지요."

"식당에서 일해봤어요?"

"예."

아이구야, 조금의 망설임도 없이 새빨간 거짓말을 내뱉다니. 역시 형답다. 할머니 돈을 훔치고 나서 누가 내 돈을 훔쳐갔느냐고 할머니가 팔팔 뛸 때면 형은 눈 하나 깜짝하지 않고 '도영이가 할머니 방에서 나오는 걸 봤어' 이러고 거짓말했다. 그러면 할머니는 형을 야단치지 않았다.

형을 향한 할머니 마음은 무한 사랑이었다. 나를 대할 때하고는 백팔십도 달랐다. 아마 형 엄마보다 우리 엄마가 할머니 눈에 더 미운 털이 박혀 그랬을 거다. 할머니는 엄마를 여우 같은 년이라고 했었다. 여우 같은 년이 애먼 남의 아들 꼬드겨 조강지처 내쫓고 자리를 꿰어 차고 앉았다고 말이다. 그리고 자리를 잡고 앉았으면 끝까지 버틸 일이지 사 년 겨우 버티고 애는 던져버리고 도망쳤다고 침 튀겨가며 욕을 해댔다. 그런 엄마의 아들이 예뻐 보일 리 없다.

"식당 일은 얼마나 해봤나요?"

"늘 해오던 일이에요."

기가 꽉 막혔다. 형은 라면도 제 손으로 끓여먹지 않는다. 먹기 싫다고 뒤로 물러나 있다가도 나나 할머니가 라면을 끓여오면 냄비째 빼앗아갔다. 불한당도 그런 불한당이 없었다.

당장 쫓아나가 네가 언제 식당에서 일해봤느냐고 따지고 싶은 걸 간신히 참았다.

아저씨는 이것저것 물었다. 그리고 백발 할머니 편을 통해 다시 연락하겠다고 말했다. 아하, 백발 할머니가 소개했구나. 백발 할머니가 저 인간을 어떻게 알지?

"아 참, SNS는 하나요?"

"그럼요. 그거 취미예요. 밥 먹고 하는 일이 그 일인데요."

그 말은 맞는 말이다. 형은 아침에 눈을 뜨면 매일 페이스북과 인스타그램에 들어가 온갖 허세를 떠는 일부터 시작한다. 할머니를 지지고 볶고 끝내는 협박까지 해서 타낸 돈으로 산 옷 자랑에 어디서 퍼온 음식 사진을 떡하니 올려놓고 자기가 먹었다며 자랑한다. 남의 자동차 옆에서 찍은 사진을 올리고 자기 차라고 뻥치는 거는 기본 중에 기본이다. 언젠가 자동차 번호판이 나오도록 사진 찍어 올리는 허술한 짓을 했었는데 그때 진짜 그 자동차 주인이 댓글로 '사기꾼아, 이건 내 차다' 이러는 바람에 난리가 한 번 났었다. 그 뒤로는 사진 한 장을 찍는 일에도 철두철미해졌다. 형이라는 인간이 SNS에 올린 글만 보면 재벌도 대재벌의 아들이었다. 온갖 허세에 거짓말로 똘똘 뭉친 인간이 바로 저 인간이다.

"그래요…… 그럼 내일부터 바로 일하러 와요."

맙소사!

"누구 마음대로요?"

나는 자리를 박차고 일어나 소리쳤다. 형과 눈이 정면으로 마주쳤다.

"쟤는 누구예요?"

형이 물었다. 형은 나를 전혀 몰라봤다. 하긴 알아볼 턱이 없지만.

"아, 아하 저 아이는 우리 아들."

"알바를 구한다는 말 없었잖아요?"

나는 다시 소리쳤다.

"어디서 빽빽 소리 지르고 난리야? 싸가지 더럽게 없네."

형이 중얼거렸다.

"너도 알다시피 우리가 너무 바쁘잖니. 숨을 돌릴 여유도 없어서 말이다. 알바를 구하면 너도 편할 텐데 왜 화를 내?"

아저씨가 말했다.

"요새 애들 원래 싸가지 없어요. 소리부터 빽빽 지르고 어른한테 대들고. 아휴, 저런 것들은 그저 두들겨 패주어야 하는데. 사장님, 아들 교육에 신경 좀 쓰셔야 겠네요. 아무튼 내일 아침에 올게요."

형은 아저씨 말에 맞장구를 치더니 뚜벅뚜벅 문 쪽으로 걸어갔다. 형은 문을 열려다 말고 돌아봤다.

"깜빡했는데요, 시급은 얼마예요?"

"원하는 대로."

"좋은 식당이에요."

흐뭇한 표정으로 문을 열려던 형이 다시 돌아봤다.

"그 옷…… 아니다. 세상에 널린 게 똑같은 옷인데."

형은 내가 입은 트레이닝복을 훑어보더니 식당에서 나갔다.

형이 돌아가고 난 후 나는 아저씨에게 정식으로 따졌다. 아무리 내가 아이이기는 해도 우리 사이가 어떤 사이인가. 알바를 쓰려면 미리 의논을 했어야 했고 누구를 쓸지 결정할 때도 합의해야 했다.

"우리가 몇 년 동안 알바를 쓸 거는 아니잖아. 고작 이십일 정도 남았어. 마음에 들지 않아도 참을 수 있는 시간이야."

말도 안 된다. 나는 형과 단 일 초도 같이 있는 게 싫다.

"아까 온 그 재수 없게 생긴 사람이 제 형이면요? 그 래도 이십 일을 참을 수 있는 시간이라고 하시겠어요?"

"네 형이었니?"

아저씨 눈이 동그래졌다.

"예, 형이에요. 세상에서 제일 끔찍한 형이요."

"우리 식당 단골 할머니 있잖니. 그 할머니에게 식당에서 일할 알바 한 명 구해달라고 부탁했었어. 설마 넓고 넓은 세상, 많고 많은 사람들 중에 네 형이 오리라고는 꿈에도 생각 못 했다. 그럼 어떻게 하지? 전화가 없으니 오지 말라는 연락을 할 수도 없고 말이다. 내일 오면 다른 사람 구했다고 말하지 뭐."

아저씨는 간단하게 생각했다. 그게 그렇게 간단하지가 않은데 말이다.

"아마 그랬다가는 이 식당이 한순간 쑥대밭이 될 거요."

형 성질에 그러고도 남는다.

"성질이 더럽니?"

"양아치 수준이에요."

"그럼 어쩌니?"

아저씨는 난감해했다. 하지만 지금으로는 해결 방법이 따로 없었다.

"할 수 없지요, 뭐. 일은 벌어졌고 벌어진 일이 하필이면 물을 쏟는 거였어요. 쏟아진 물을 어떻게 쓸어 담겠어요? 다행히 저를 알아보지 못하니 꾹 참고 견디는 수밖에요."

"그래, 미안하다. 그런데 매일 SNS를 한다는 말은 사실이니?"

"SNS 중독이에요."

"그건 다행이구나."

그나저나 이상한 일이었다. 백발 할머니와 형이 어떻게 아는 사이일까? 그리고 돈을 벌겠다고 힘든 일을 자처할 형이 아닌데 왜 알바를 하겠다고 나섰을까? 아직 머리카락 천 개를 심을 돈을 다 마련하지 못해서일까? 아니면 허세 떨 새 옷이 필요하기라도 한 걸까? 연유야 어떻든 일을 해서 돈을 마련할 형이 아닌 것은 확실한데 의문이 갔다.

크림말랑

눈부시게 찬란한 햇빛이 유리창을 넘어왔다. 언제 비바람이 몰아쳤느냐는 듯 날은 맑게 개었다. 공기도 산뜻했다.

어젯밤 형 생각을 하느라고 잠을 설쳤다. 비록 얼굴을 알아보지는 못한다고 하더라도 형과 함께 지내야 한다고 생각하니 벌써부터 숨이 막혔다. 하루 종일 얼굴을 마주하고 이야기를 주고받으며 지내야 한다니 끔찍하기도 했다.

문을 활짝 열어젖히고 식당 안에 눅눅하게 내려앉아 있는 습기를 내보내고 있을 때 형이 나타났다. 형이 평소에 제일 사랑하는 다리에 쫙 달라붙는 가죽바지를 입었다. 가죽바지가 햇볕을 받아 거북이 등처럼 반들거렸다.

형은 언제나처럼 셔츠 앞 단추 세 개를 풀어 가슴을 드러냈다. 근육도 없는 저놈의 가슴은 뭐 보여줄 게 있다고 사시사철 내놓고 다니는지 모르겠다.

"안녕, 꼬마."

형은 손을 번쩍 들고 알은체했다. 손을 들고 인사를 한다는 것은 형 딴에는 기분이 무지하게 좋다는 뜻이다. 나는 형을 외면했다.

"싸가지 없는 놈. 너 그러다 죽는다."

형이 내 옆을 지나가며 이를 악물고 말했다.

"이미 죽었거든."

나는 쏘아붙였다.

"얘가 뭐래? 미친놈."

형은 머리 위로 손가락을 올리고 빙글빙글 돌렸다.

"왔어요?"

아저씨가 주방에서 알은체했다.

"좋은 아침입니다, 사장님."

형은 주방을 향해 손을 번쩍 들었다.

"말을 편히 해도 되겠지?"

"그럼요. 마음 푹 놓고 말 놓으십시오."

형은 찌지익~ 의자를 끌어당겨 앉았다. 식당에 일을 하러 왔으면 빗자루를 집어들든가 행주를 집어들든가, 뭐라도 일할 것을 찾아야지 다리 꼬고 앉아 대체 뭘 하자는 건지.

"청소는 우리 아들이 할 테니까 걱정하지 말고 자네는…… 이름이 뭔가?"

"존 왕입니다."

존 왕 같은 소리 하고 있네. 왕도수잖아.

"존 왕? 이름이 존 왕인가?"

"이름은 존이고 성은 왕이에요. 제가 영어 이름을 쓰거든요."

하여간 겉멋 들어 허세 떠는 거는 누구도 못 따라간다. 고등학교 일학년까지 십 년을 학교에 다니면서도 영어라고는 알파벳 겨우 뗀 주제에.

"좋아, 존."

아저씨가 존이라고 부르는 순간 나도 모르게 크크크 웃고 말았다. 하도 기가 차서 나온 웃음이었다.

"너는 뭐가 웃겨?"

형이 정색을 하고 바라봤다. 나는 형 눈을 외면했다.

"존은 SNS에 우리 식당 이벤트 하는 것 좀 올려. 문자 받은 전화번호는 존 거로 하고. 아, 우리 식당 위치도 같이 올려줘."

아저씨는 종이 한 장을 형에게 내밀었다.

─구미호 식당 이벤트

구미호 식당의 대표 음식인 크림말랑의 재료는 무엇일까요? 이벤트에 참여하세요. 단 국물 재료는 문자로 보내주시고 그게 정답일 경우 식당으로 오셔서 건더기 재료를 말씀해주시면 됩니다.

상금: 300만 원

※크림말랑 재료를 알고 있는 사람이 나타나지 않으면 직접 찾아나설 계획입니다.

형이 휘둥그레진 눈으로 아저씨를 바라봤다.

"진짜 삼백만 원 주는 거예요?"

"당연하지."

"와, 대박이네요."

형 목젖이 꿈틀거렸다. 형은 잠시 무슨 생각을 하는 듯 천장을 바라봤다. 그러고는 곧 정신을 차리고 스마트폰을 꺼내들었다.

"그런데 크림말랑 재료를 알고 있는 사람이 나타나지 않으면 직접 찾아나서다니요? 뭔 이런 이벤트가 다 있어요? 돈이 그렇게도 쓰고 싶으세요?"

"그래야 찾아오거든."

"예? 뭔 말씀인지 잘 모르겠고요. 아무튼 생긴 거와는 다르게 사장님 되게 통이 크시네요. 크림말랑을 먹고 재료를 알아내려는 손님들이 떼로 몰려오겠네요. 이야, 이러다 알바 열 명은 더 구해야 하겠는걸요. 알바 구하면 저를 알바 대빵시켜주는 거예요, 아셨죠?"

형은 SNS에 이벤트를 올렸다. 형이 이벤트 글을 올리기 무섭게 댓글이 달리기 시작했다. 삼백만 원의 힘은 대단했다. 댓글이 달리는 속도는 빛보다 더 빨랐다. 구미호 식당이니 개구리가 재료인 거 아니냐는 댓글도 있었다. 여우야 여우야 뭐하니? 밥 먹는다, 무슨 바안찬? 개구리 바안찬! 죽었니? 살았니? 죽었다! 아니 살았다!

아저씨는 장사 준비를 하고 나는 탁자를 닦고 식당 바닥을 닦았다. 형은 큰소리로 실시간 댓글을 읽었다.

형의 짐작은 들어맞았다. 점심때가 되자 사람들이 몰려들기 시작했다. 자리는 꽉 찼고 식당 앞에는 길게 줄이 생겼다. 형은 번호표 나눠주고 주문을 미리 받았다. 사람들은 거의 대부분 크림말랑을 주문했다.

　음식을 먹는 사람들은 크림말랑을 입에 넣고 우물거리며 재료를 알아내려고 애썼다. 사진을 찍어 다른 사람에게 보내며 비주얼로 본 크림말랑의 재료를 의논하기도 했다.

　"너는 아냐?"

　정신없이 바쁜데 형이 다가와 옆구리를 찔렀다.

　"뭘?"

　"크림말랑 재료."

　"몰라."

　"니네 아빠가 만드는 음식인데 재료를 모른다는 게 말이 돼?"

　"응. 말이 돼. 텔레비전 광고도 못 봤냐? 시어머니가 만든 고추장 맛의 비밀은 며느리도 모른다잖아."

　"아, 씨발, 가족끼리 뭔 비밀이야? 의리 없게."

　형은 식당 바닥에 침을 탁 뱉었다. 그러다 아차 싶었는지 운동화 바닥으로 침을 슬슬 문질러 닦았다. 가족끼리? 그거 형이 할 말은 아닌 거 같은데. 그리고 누명 씌우기를 밥 먹듯 하는 형이 의리라는 말을 함부로 써서는 안 될 거 같은데.

　"그런데 잠깐! 너 몇 살 처먹었는데 꼬박꼬박 반말이야?"

형이 난데없이 말로 꼬투리를 잡았다. 나는 들은 체
도 하지 않았다.

"몇 살이냐고?"

형이 주먹까지 쥐어가며 다시 물었다.

"열다섯 살이다, 왜?"

"야, 새끼야. 나랑 다섯 살이나 차이 나잖아? 다섯
살 차이면 엄청난 거야. 오 년 동안 먹은 밥그릇 줄을
세우면 지구를 몇 바퀴 돌아. 내 동생이라는 놈도 열다
섯 살인데 걔는 나한테 꼬박꼬박 존댓말 해. 그게 정상
이지. 도대체가 예의라고는 찬물에 푹푹 말아먹은 놈
같으니라고."

내가 언제 너한테 꼬박꼬박 존댓말 했는데? 따지고
싶은 걸 간신히 참았다. 그리고 동생이면 동생이지 동
생이라는 놈은 또 뭐야. 나는 결심했다. 앞으로 이십팔
일 후 떠나는 날, 형의 뒤통수를 있는 힘껏 내리치며
'씨발놈아, 나는 네 동생이었다는 게 제일 열 받는 일이
었다' 이러고 욕 한 번 시원스럽게 하고 가겠다고. 이가
바득바득 갈리는 걸 꾹 참고 숨을 한 번 크게 들이쉰
다음 마음을 진정시켰다.

"그런데 궁금한 게 있어."

"궁금한 게 있어요, 이렇게 말하라니까. 아, 됐다. 내
가 왜 남의 아들 예절까지 가르쳐야 하나. 귀찮다, 귀
찮어. 그래, 뭐가 궁금하냐?"

"왜 알바하려고 해?"

어제부터 무지하게 궁금했던 거다.

"나 원래 알바 많이 해. 알바해서 동생 용돈도 주고 우리 집 생활비도 보태. 척 봐도 착하게 안 생겼냐?"

미친…… 물어본 내가 잘못이다. 하도 기가 막혀서 코까지 막히는지 숨도 제대로 쉬어지지 않았다.

온종일 크림말랑을 백 그릇도 넘게 팔았다. 형의 SNS에는 '오늘 크림말랑을 먹었다, 재료는 아리송'이라는 댓글이 넘쳐났다. 형의 휴대폰으로도 이벤트에 참가하는 문자가 쏟아졌다.

"돈 벌어서 뭐 해요? 신형 스마트폰 하나 사요. 요즘 세상에 스마트폰 없는 사람이 어디 있어요?"

형은 이벤트 참가 문자를 종이에 써서 아저씨에게 건네며 말했다.

종이를 훑어보는 아저씨 얼굴에 실망의 빛이 스치고 지나갔다. 크림말랑 재료를 알아맞힌 사람이 없는 듯했다.

"무슨 재료 써요? 저는 이벤트 참가 안 할 테니 걱정 말고 알려줘요. 도대체가 궁금해서 살 수가 없어요."

형은 아저씨를 졸랐다. 하지만 아저씨는 대꾸도 하지 않았다.

나는 평상시에는 음식 재료 따위에는 관심도 없고 그걸 알아 뭘 할까 싶어 알려고도 하지 않았다. 그런데 아저씨가 비밀로 하니까 궁금했다. 우유 빛깔의 국물을 내는 크림말랑. 얼큰한 맛과 순한 맛을 병행할 수 있으나 절대 국물의 색에는 변화를 주지 않는 크림말랑. 재료가 뭘까.

오후 여덟 시가 조금 넘어 식당 문을 닫았다.

"저도 크림말랑을 먹어보고 싶은데요."

형은 맛을 알아야 사람들에게 더 홍보를 할 수 있다고 했고 아저씨는 두 말도 하지 않고 크림말랑을 만들었다.

"이게 대체 뭘로 만든 건지? 태어나서 처음 보는 맛이야. 아무튼 맛은 끝내주네."

형은 크림말랑 한 대접을 다 먹는 동안 쩝쩝거리고 쿵쿵거리며 재료를 알아내려 애썼다. 하지만 형 정도가 쉽게 알아낼 수 있을 정도의 재료였다면 이미 이벤트는 끝났을 거다.

아저씨는 일주일에 한 번씩 알바비를 주겠다고 말했지만 형은 하루에 한 번씩 달라고 했다.

"아홉 시에 와서 여덟 시까지 일했으니 열한 시간이군."

"에이, 열한 시간이 조금 넘었지요. 돈과 관련된 문제는 정확하게 해야 합니다."

"좋아. 그럼 열두 시간으로 하지. 얼마를 받았으면 좋겠나?"

아저씨가 물었다.

"많이 주면 많이 줄수록 좋지요. 그런데 진짜 원하는 대로 주는 건가요?"

"나는 돈 따위에는 관심 없어. SNS에서 이벤트 관리만 잘해준다면 얼마든지 줄 수 있지."

"아, 그럼요. 제가 그쪽으로는 전문가라니까요."

아저씨가 보란 듯 돈 통을 열자 지폐가 수북했다.

형 눈이 휘둥그레졌다.

"손님이 많아도 이 정도인 줄은 몰랐네요."

형은 연신 침을 꿀꺽꿀꺽 삼켰다.

아저씨는 하루 종일 한 일이라고는 번호표 나눠주며 주문 받고 스마트폰을 들여다보는 일을 한 사람에게는 과분하다 싶을 정도의 돈을 형 손에 쥐어주었다. 형은 돈을 받으며 돈 통을 뚫어져라 바라봤다. 형의 눈은 지글지글 끓었다. 순간 나는 직감했다. 형의 못된 버릇이 빛을 발할 날이 곧 올 거라는 걸.

"대체 어디에서 뭘 하고 있는 걸까?"

형이 돌아가고 난 후 아저씨는 유리창 밖을 바라보며 혼잣말처럼 중얼거렸다. 기다림에 지쳐 윤기가 빠져나간 목소리였다. 오늘 얼마나 아저씨가 그 사람을 기다렸는지 목소리만 듣고도 알 수 있었다.

"크림말랑이 더 소문나면 찾아올 거예요. 누군지 몰라도 크림말랑을 제일 좋아한다면서요? 그러면 꼭 올 거예요."

나는 아저씨를 위로했다.

"그래, 크림말랑을 무척 좋아했지. 입맛에 딱 맞는다고 했어. 이벤트 내용의 소문을 들으면 언젠가 오긴 오겠지만 나에게는 시간이 많지 않아. 오늘도 하루가 지났으니 이십칠 일만이 남았을 뿐이야. 시간이 너무 빨라."

아저씨의 창백한 옆 얼굴에 슬픔의 빛이 스치고 지나갔다.

"내일 존 왕인지 뭔지 오면 다른 사람 SNS에도 많이 퍼나르라고 할게요."

"그래, 고맙구나. 네가 있어서 참 다행이다."

아저씨는 나를 보고 싱긋 웃었다.

—네가 있어서 다행이다.

듣기 좋았다. 태어나 처음 들어보는 말이었다. 아저씨는 겪으면 겪을수록 따뜻한 구석이 있는 사람이었다. 아저씨가 기다리는 사람이 누구인지 몰라도 대충 짐작은 할 수 있었다. 아저씨가 사랑을 더 주고 떠나고 싶은 사람. 애틋하게 아끼고 아끼는 사람. 그런 사람일 거다.

나는 내일 형을 달달 볶아서라도 이벤트를 널리널리 퍼뜨릴 거라고 결심했다. 나와 아저씨가 진짜로 떠나기 전까지 아저씨가 기다리는 사람을 꼭 만날 수 있으면 좋겠다. 그리고 아저씨 가슴에 남은 사랑을 그 사람에게 온전히 줄 수 있으면 좋겠다.

두 사람이 수상하다

"사랑합니다, 고객님."

형은 콜센터 직원들의 전문 멘트를 날리며 손님들을 맞았다. 기름기가 줄줄 흐르는 형의 느끼함에 목 언저리에 기름 덩어리가 붙은 거처럼 찜찜했다. 돈 통 안의 돈을 보고 난 후 형은 확실히 달라졌다. 당연히 그렇겠지. 평범한 알바로 쥐꼬리만한 알바비를 받는 것보다야 돈 통의 돈을 한꺼번에 꿀꺽 삼키는 편이 훨씬 편하고 빠르니까. 그 기막힌 찬스를 그냥 놓칠 형이 아니다. 어쩌면 그게 형에게 어울리는 일이기도 하다.

내 오랜 경험으로 비추어 이럴 때 형을 조심해야 한다. 뜬금없이 친절을 베풀 때, 어울리지도 않은 웃음을 질질 흘리는 바로 그때. 바로 그런 때 형은 뭔가를 계획한다.

나에게 도둑 누명을 뒤집어씌우기 전, 내 돈을 빼앗아가기 바로 직전에 형은 말할 수 없이 친절하고 공연히 히죽거렸으니까.

"사랑합니다, 고객님. 또 오십시오."

형은 계산도 자기가 하려고 했다. 형의 속내가 고스란히 드러났다.

"아빠가 이벤트에 신경 쓰래. 여기저기 퍼나를 수 있는 곳에는 다 퍼나를 수 있도록."

나는 되도록 형을 계산대에서 떼어놓으려고 했다.

"그래? 사장님이 원하면 따르는 것이 알바의 자세지."

형은 그렇게 말하면서도 계산대를 떠나지 않았다. 계산대 옆에 스마트폰을 두고 시간이 날 때마다 이벤트에 참여한 문자를 적어 아저씨에게 날랐다. 일단 신임도 얻고 보자는 심산이다. 그것도 형다운 자세다. 형은 못된 짓을 하기 전에는 생전 하지도 않던 일을 찾아서 했다. 밥을 차린다거나, 먹지 않겠다는 라면을 굳이 끓여 바치곤 했다. 변화한 모습을 보고 '쟤가 드디어 정신을 차렸구나' 잠깐 이런 착각하는 순간 시원하게 뒤통수를 맞는다. 형에게 가장 많이 뒤통수를 맞은 사람은 할머니다. 나는 어느 순간부터 형이 하는 말과 행동은 콩으로 메주를 쑨다 해도 믿지 않았다. 하지만 참 신기하게도 할머니는 뒤통수를 맞으면서도 속기를 반복했다. 할머니는 형 문제에 있어서는 치매가 의심될 정도였다.

아저씨는 형이 가져다주는 이벤트 문자를 보며 낙담했다. 그렇지 않아도 봐줄 수 없는 얼굴이 더 봐줄 수 없게 되었다.

"야, 그런데 하나 물어보자. 너하고 니네 아빠 말이야. 무슨 병 있냐? 가족병 같은 거 있느냐고? 어째 둘다 얼굴색이 이상해. 다른 사람 기분 나쁘게 만드는 데는 탁월한 얼굴이라고 할 수 있지."

형이 물었다.

"궁금해?"

나는 삐딱하게 서서 턱을 치켜들고 따지듯 대꾸했다.

"아쭈 폼 봐라. 아, 너는 왜 이렇게 반항적이야? 쪼그만 게 사람 기분 잡치게 하는 데는 타고난 소질이 있네. 죽고 싶어 환장하다 진짜 죽는 수가 있어. 그래, 궁금하다."

형이 스마트폰을 집어던지는 시늉을 했다.

"우리는 죽어서 그렇다, 왜."

나는 쏘아붙였다.

"미친 새끼. 자꾸 그런 말 하다가는 진짜 죽어, 알아? 말대로 된다는 말 안 들어봤어? 말이 씨가 된다는 만고의 진리를 모르냐고? 하긴 네가 알긴 뭘 알겠니? 미친놈."

형이 또 머리 위로 손가락을 대고 뱅글뱅글 돌렸다.

"진짜 죽었으니까 죽었다고 하지."

"네가 진짜 죽었다면 나는 진짜 대통령이다. 내가 너랑 무슨 말을 하냐? 가서 식탁이나 닦아. 왜 그렇게 행동이 느려터지냐?"

누가 들으면 자기가 사장인 줄 알겠다.

한참 정신없이 서빙을 하고 있을 때 백발 할머니가

왔다. 오늘은 혼자였다.

"어이구야, 아주 열심히 잘하고 있구만. 사장! 어째 알바는 마음에 드나?"

백발 할머니는 형을 보더니 흐뭇한 미소를 지으며 아저씨에게 물었다.

"예, 아주 잘하고 있습니다. 마음에 들어요."

"잘하면 돈 좀 듬뿍듬뿍 줘."

"그럼요. 듬뿍듬뿍 주다마다요."

백발 할머니와 아저씨가 하는 말을 들으며 형은 어깨를 으스댔다.

백발 할머니는 밥 비벼먹을 된장찌개 하나를 주문했다. 그러고는 내 눈치를 보더니 슬금슬금 형에게 가까이 다가가 귀에 대고 무슨 말인가 속삭였다. 백발 할머니 말을 듣는 형의 표정이 점점 어두워졌다. 둘의 행동이 석연치 않았다.

'뭐지? 저 두 사람, 혹시 돈을 둘러싼 공범?'

문득 든 생각이지만 전혀 가능성이 없는 생각은 아니다.

식당이 잘된다는 거를 알게 된 백발 할머니가 어떤 경로인지는 알 수 없으나 형에게 손을 내민 거일 수도 있다. 우리 한 탕 잘해보자, 이러고 말이다. 할머니라고 해서 얕잡아봐서는 안 된다. 나이가 들면 모두 정신이 흐릿해진다거나 힘이 없어진다고 믿으면 안 된다는 말이다. 그건 사람에 따라 다르다. 백 퍼센트 개인차가 있다.

예전에 어떤 영화를 봤는데 주인공들이 평균 나이

칠십오 세의 할머니 다섯 명이었다. 그들은 절도범들이었다. 얼마나 죽이 잘 맞는지 누구든 할머니들의 표적이 되면 피해갈 수 없었다. 할머니들은 철두철미하게 계획을 짜고 실행에 옮겼으며 성공했다. 그리고 평소에는 후미진 계단에 앉아 해바라기를 하는 불쌍한 노인의 모습을 연출했다. 그들이 연일 뉴스에 오르내리는 절도범들이라는 것을 아무도 눈치채지 못했다. 그들은 사람들 눈을 피해 훔친 돈으로 명품 가방을 사고 화려한 옷을 샀으며 비싸고 몸에 좋은 음식을 먹으러 다녔다. 나이가 든다고 해서 사람의 욕심이 줄어드는 게 아니라는 것을 그 영화를 보고 알았다.

백발 할머니라고 해서 영화 속 주인공들처럼 하지 말라는 법은 없다. 그래, 맞다. 백발 할머니가 밥 먹는 거만 봐도 알 수 있다. 먹는 양도 엄청났고 소화력도 좋은지 대충대충 씹어 삼켜도 문제없었다. 잘 먹는다는 거는 건강한 것이고 건강하다는 것은 힘이 세다는 것과 비례한다. 힘이 세다는 것은 겁이 없을 확률이 높고 겁이 없으면 남들이 불가능할 거라는 일에도 쉽게 도전한다.

나는 된장찌개에 밥을 비비고 있는 백발 할머니를 자세히 살펴봤다. 오늘 보니 혈색도 보통 좋은 게 아니었다. 피부가 탱글탱글하고 반들반들 윤기까지 흘렀다. 치마 사이로 드러나 보이는 종아리 굵기도 천하장사가 울고 갈 정도였다. 백발 할머니는 허리가 굽었다는 거 하나만 빼면 젊은 사람과 견주어도 빠지지 않는 건강함을 갖고 있었다.

백발 할머니는 된장찌개에 쓱쓱 비빈 밥을 단숨에 해치우고 형 등을 툭툭 쳐주고 돌아갔다.

형도 그 뒤로는 별다른 모습을 보이지 않았다. 무슨 꿍꿍이속이 있는 걸까. 나는 서빙을 하면서도 탁자를 닦으면서도 신경은 온통 형에게 가 있었다.

오후가 될수록 손님은 더 늘어났다. 점심때가 훨씬 지났는데도 도통 줄어들지 않았다. 오늘 크림말랑을 먹지 않으면 다시는 먹을 기회가 없는 거처럼 우르르 몰려와 하나같이 크림말랑을 시켰다. 주문을 받고 서빙을 하고 몸이 열 개라도 모자랄 판이었다. 형에게 온통 가 있던 신경이 자연스럽게 흩어졌다.

'아우씨. 죽어서까지 내가 왜 이 고생을 해야 하나.'

문득 이 생각이 들었다. 아저씨를 위해 좋은 일 한 번 하고 가자고 먹었던 마음이 슬슬 자취를 감추려고 했다. 팔도 아프고 다리도 아프고 허리도 아팠다.

몸 고생에 마음고생까지 겹쳤다.

오늘은 까다로운 사람들이 식당에 단체 입장이라도 하는 날인지 손님들은 하나같이 이것저것 트집을 잡고 토를 달았다. 내 옷차림이 불만이라는 사람도 있었다. 도대체가 요식업체에서 일하는 사람의 자세가 아니라는 거다. 아, 진짜, 내가 이 옷을 입고 싶어서 입었느냐고. 나도 파란 트레이닝복 당장이라도 홀홀 벗어던지고 싶다고. 발가벗고 있을 수 없으니 할 수 없이 입고 있을 뿐인데 이 옷 때문에 욕까지 얻어먹는 것이 말도 못하게 억울했다.

내가 옷 때문에 당하고 있을 때 힐끗 내다보던 아저씨는 주방 깊숙이 숨어 모습을 드러내지 않았다. 보통 때는 음식을 내줄 때 얼굴을 내밀고 '나왔습니다' 이러고 소리치던 아저씨였다. 그런데 음식 접시를 잡은 손만 불쑥 나올 뿐 얼굴은 코빼기도 보이지 않았다. 늘어진 티셔츠에 무릎이 튀어 나온 바지 때문에 한마디 들을까 봐 미리 벽을 치는 마음을 알긴 알겠다. 하지만 의리 없고 비굴해 보여 한편으로는 울화통이 터지기도 했다.

말도 안 되는 상상력으로 사람 염장을 지르는 경우도 있었다. 크림말랑이 바퀴벌레를 재료로 해서 만든 거 같다나 뭐라나. 눈은 뒀다 어디다 쓸 건지. 바퀴벌레는 갈색이다. 뭐 검은색이 섞이기는 했지만 그래도 갈색에 가깝다. 다리부터 등딱지까지 그렇다. 하지만 크림말랑은 우윳빛이다. 크림말랑에서 다른 색이라고는 티끌만큼도 찾아볼 수 없다. 감히 바퀴벌레가 명함을 내밀 음식은 아니다. 요술을 부리지 않는 한 바퀴벌레로서는 감히 꿈도 꿀 수 없는 음식이라는 말이다.

"원래 비밀에는 온갖 추측이 난무하는 법이야."

아저씨는 그 말을 가볍게 들어 넘겼다. 사람들이 크림말랑에 관심을 갖는 것이 도리어 고맙다고 했다. 세상에서 가장 무서운 것은 트집이 아니라 무관심이라고 말이다.

사람들이 한바탕 쓸고 지나간 뒤 겨우 허리를 펼 때였다.

　"계산해주세요."

　방금 일어나 나가던 손님이 말했다.

　"존 왕! 계산…… 어?"

　계산대가 텅 비어 있었다. 조금 전까지 계산을 하고 있던 형이 없었다. 순간 아찔함이 번개처럼 머리를 스치고 지나갔다. 그 못된 버릇이 나왔구나. 아침부터 목소리 높여 '사랑합니다, 고객님' 이러면서 느끼한 멘트 날릴 때부터 오늘이 그날이 될지도 모른다는 짐작은 이미 하고 있었다.

　계산을 하는데 손이 벌벌 떨렸다. 살아 있을 때도 매일 형에게 당하고 살았는데 죽고 나서도 당했다고 생각하니 분했다. 자존심 상했다. 끝까지 정신을 똑바로 차리고 형을 감시하지 못한 것이 후회되었다.

　"아저씨."

　나는 주방으로 달려갔다.

　"아저씨. 아주 시원하게 당하셨어요."

　"뭔 말이야?"

　"알바 놈한테 당하셨다고요."

　"네 형에게 당했다는 말이니? 뭘 당해?"

　여기에서 형이라는 말이 왜 나온담.

　"형은 무슨 형이에요? 존 왕에게 당했다고요. 보세요."

　나는 휑하니 비어 있는 계산대를 가리켰다. 아저씨는 계산대를 보고도 뭘 당했다는 말인지 알아차리지 못했다.

"존이 돈 통에서 돈을 몽땅 훔쳐갖고 도망갔어요. 오늘 죽으라고 일한 거 몽땅 털어갔다는 말이에요. 아, 아니다. 어제 장사하고 나서도 돈 통 비우지 않았었지요? 그 돈까지 다 가지고 간 거네. 내가 이럴 줄 알았어요. 원래 그런 인간이거든요."

나는 원래라는 말에 힘을 주었다. 그런데 가만! 이틀 동안 장사한 돈이면 대체 얼마야. 세어보지는 않았지만 엄청난 돈이었다.

아저씨는 그때서야 사태를 파악한 모양이었다. 그렇지 않아도 파리하니 창백한 얼굴이 더 창백해졌다.

"그럼 이벤트는 어떻게 되는 거지?"

아저씨는 오로지 이벤트 걱정이었다.

"날 샌 거지요 뭐. 그 인간, 알바해서 돈 벌 인간 아니에요. 제가 추리를 탁 해봤는데요, 백발 할머니도 의심이 가요. 백발 할머니가 와서 보니 식당이 제법 장사가 잘 되는 거 같거든요. 그래서 왕도수를 꼬드겨서 이런 일을 계획한 거지요. 그리고 아까 낮에 백발 할머니가 밥 먹으러 와서는 왕도수 귀에 대고 속닥거리는데 그 모습이 심상치 않았어요."

"왕도수?"

"존 왕의 본명이에요."

"왕도수를 찾을 방법은 없을까? 이벤트가 한창 진행 중이고 오늘 다녀간 손님도 많아서 이벤트에 참여한 사람도 꽤 있을 텐데."

아저씨는 자꾸 이벤트 말만 했다.

"경찰에 신고하지요."

이참에 아주 혼쭐을 내주어야 한다. 할머니가 매일 오냐오냐 하니까 남의 거 훔치는 거를 꼭 맡겨놓은 제 것 찾아오는 양 아무렇지도 않게 하는 거다.

형이 그 돈으로 이마에 머리카락을 다 심기 전에, 클럽에 입고 갈 폼 나는 옷을 사기 전에 돈을 찾아야 한다. 나에게는 필요 없는 돈이라고 해도 포기 못한다. 죽어서까지 형에게 당한 게 말도 못하게 속이 쓰렸다.

"우리가 무슨 수로 경찰에 신고를 해? 전화도 없는데."

"손님이 오면 휴대전화를 빌려서 신고해요."

"그것도 곤란해. 그런 걸 알리고 싶지 않아. 그걸 사람들이 알게 되면 위험한 식당이라고 오는 걸 꺼리게 될 거야. 절대 안 돼. 아, 오늘 이벤트 참여한 사람이 많을 텐데."

더 말해봤자 입만 아플 거 같았다. 나는 나대로 아저씨는 아저씨대로 천장을 바라보며 각자 다른 생각을 했다. 어떻게 하면 형을 제대로 혼내줄까 그 생각을 하다 번개처럼 스치고 지나가는 생각이 하나 있었다.

"아저씨. 아저씨가 기다리는 그 사람요. 그 사람 전화번호 몰라요? 전화번호 알면 전화해서 오라고 하면 되잖아요. 아, 그러면 될 것을 왜 쓸데없이 생고생을 했는지 모르겠네요. 이런, 이런."

나는 주먹으로 내 머리통을 후려쳤다.

"손님이 오면 음식 값을 받지 않겠다고 하고 휴대전

화를 빌리는 거예요. 그리고 당장 그 사람에게 전화하세요. 이곳으로 오라고."

"내가 전화번호를 알면 지금 이러고 있겠니?"

아저씨가 말했다.

"죽어서까지 잊지 못하는 사람이면서 전화번호도 몰라요? 그럼 꽤 오랫동안 만나지 못했던 사람이네요. 그런 사람을 며칠 안에 어떻게 찾아요?"

지금 상황에서 그건 불가능하다.

"아니야, 자주 만나는 사이야. 전화번호를 알긴 알았었지. 그런데 미행하던 그날 오전에 전화번호를 바꿨더구나. 그 사람, 한 달에 한 번꼴로 전화번호를 바꿨지."

"한 달에 한 번이요?"

그렇다면 열에 아홉은 사생활이 복잡한 사람이다. 아니면 다른 사람 등쳐먹는 사기꾼이거나.

─삐그더덕.

그때 식당 문이 열리며 형이 들어왔다.

"어?"

나와 아저씨는 약속이라도 한 듯 입을 크게 벌리고 형을 바라봤다. 도둑이 제 발로 돌아오다니. 상상조차 하지 못한 일이라 당황스러웠다.

"죄송합니다."

형은 말로는 죄송하다고 하면서 표정은 전혀 죄송하지 않은 얼굴로 의자에 털썩 주저앉았다.

"아니, 뭐 죄송하기는…… 괜찮아. 그럴 수도 있지."

아, 진짜! 괜찮기는 뭐가 괜찮아. 형 주변 인물들이

항상 이런 식이니까 형이 더 안하무인이다.

"말은 했어야 하는데. 너무 바빠서."

형이 캬아악 하고 목 안에서 가래를 끌어냈다. 형은 바닥에 침을 뱉으려다 아차 싶었는지 도로 꿀꺽 삼켰다.

"말을 하고 가져가면 도둑이 아니냐? 돈 내놓으시지. 설마 벌써 그 돈을 다 쓰고 온 거는 아니지?"

나는 형이 하는 꼴이 너무 당당해서 쏘아붙였다.

"뭔 돈?"

형이 손바닥을 펴 보였다.

"닭 잡아먹고 오리발 내미는 짓 그만하시지."

"뭔 닭을 먹어? 아침부터 지금까지 쫄쫄 굶었는데. 오늘 너무 바빠서 밥도 못 먹었잖아."

"돈 통에서 돈 훔쳐갔잖아."

"미친 새끼 무슨 말 하는 거야? 아 유 클리쥐?"

형이 또 머리 위에서 손가락을 뱅글뱅글 돌렸다. 그새 영어 많이 늘었다.

"여기 있는 돈 몽땅 꺼내갔잖아?"

나는 보란 듯 돈 통을 열었다. 이럴 때는 열 마디 말보다 정확한 증거 하나가 최고인 거다.

"어?"

돈 통을 들여다본 나는 순간 도깨비에게 홀린 기분이었다. 돈 통에는 꾹꾹 누른 돈이 꽉 차 있었다.

"뭐야, 조그만 새끼가 사람을 도둑으로 몰아? 야, 이 새끼야. 오늘 음식 값 받으면 거기 구멍으로 넣고 잔돈은 서랍 잔돈 통에서 꺼내 거슬러줬어. 돈 통은 열지도 않았다고. 너무 바빠서 오줌 싸러 갈 시간도 없었는데 돈 통 열어볼 시간이 어디 있어? 아, 짜증나. 내가 더러워서 그만둔다, 그만둬. 내가 여기 아니면 알바 할 데 없을 거 같아?"

형이 자리를 박차고 일어났다.

"무슨 오해가 있는 모양이야."

아저씨가 형 셔츠 자락을 잡았다.

"오해는 무슨 오해? 저 새끼가 나를 지금 도둑으로 몰잖아요. 내가 세상에 태어나 별짓 별짓 다해봤지만 안 해본 게 딱 두 가지 있어요. 도둑질과 거짓말이에요."

형은 근육도 없는 가슴을 내밀고 소리소리 질렀다. 나는 그 말이 새빨간 거짓말인 거를 알면서도 통사정하는 아저씨를 보며 한마디도 할 수 없었다. 그런데 이게 어떻게 된 일이지? 왜 돈이 돈 통에 도로 들어와 있는 거냐고? 나는 곰곰이 생각했다. 아, 그제야 생각났다. 형이 사라진 거를 아는 순간 형이 돈을 꺼내갔다고 짐작했고 확인도 하지 않은 채 아저씨에게 말했던 거다. 그렇다고 해서 형에게 미안한 마음은 티끌만큼도 없었다. 봐, 억울하지? 훔쳐가지 않았는데 도둑 누명을 쓰니까 미치고 팔딱 뛰겠지? 나는 형 때문에 그런 일을 수없이 겪었다. 미안하기는커녕 고소했다.

사랑합니다, 고객님.
이벤트에 당첨되셨습니다

아저씨는 겨우겨우 통사정해서 형을 눌러 앉혔다.

"앞으로는 곤란한 일을 만들지 마라."

나는 아저씨에게 싫은 소리도 들었다. SNS 하는 사람이 형밖에 없는 것도 아니고 SNS를 중독적으로 하는 사람을 다시 찾아보겠다고 말했지만 소용없었다. 아저씨는 시간이 없다고 했다. 나는 한걸음 물러서기로 했다. 시간이 없는 거는 사실이니까.

형은 아저씨가 붙잡자 자기가 무슨 대단한 인물이라도 된 냥 기가 살아나 차마 눈 뜨고 봐줄 수가 없었다. 턱은 있는 대로 치켜들고 건들거리며 식당 안을 돌아다니는 폼이 눈꼴 시렸다.

"탁자 좀 깨끗이 닦아. 식당은 청결이 제일이야."

형은 나에게 잔소리도 했다.

저녁 무렵 손님들이 한바탕 더 몰려왔다 돌아간 다음 형은 이벤트에 참여한 문자를 아저씨에게 전달했다.

"아!"

문자를 훑어보던 아저씨가 외마디 비명을 질렀다. 그 비명이 얼마나 힘이 있던지 나는 드디어 아저씨가 찾는 사람을 찾게 되었다는 강한 느낌을 받았다.

"존 왕, 빨리 와봐. 드디어 정답, 정답이 나왔어."

"이야, 삼백만 원짜리가 드디어 나왔나 보네."

거울 앞에 서서 셔츠 단추를 매만지던 형이 탁자 앞으로 다가갔다.

"여, 여기에 전화해, 어서."

문자를 가리키는 아저씨 손가락이 달달 떨렸다.

"에잉, 이게 뭐야. 찹쌀가루에 쌀 뜬 물, 백설탕, 마 갈은 거, 이게 크림말랑 재료예요? 뭐 이렇게 시시해?"

형은 이벤트 참가 문자를 보며 대단히 실망한 눈치였다.

"건더기 재료는 직접 만나서 들어볼 거야. 그거까지 문자로 보낸다는 거는 위험한 일이거든. 그리고 재료가 뭐냐는 거보다는 얼마만큼의 양을 쓰느냐가 음식 맛을 내는 데는 더 중요한 거야. 어서 전화해."

"사장님이 직접 하세요. 삼백만 원을 받는 사람에게는 그게 더 의미 있는 일인 거 같은데요."

형이 말했다. 그러자 아저씨는 당혹스런 표정으로 변했다.

"그냥 네가 하는 것이 좋겠어. 왜냐하면⋯⋯."

아저씨는 적당한 이유를 생각해내려는 듯 눈을 내리깔고 탁자를 빤히 바라봤다. 그때 내 머리를 스치고 지나가는 강한 뭔가가 있었다.

"잠깐만이요, 아저씨. 그럼 크림말랑의 매운 맛은요? 제가 음식에 대해 잘 모르지만 이 재료로는 절대 매운 맛이 나올 수 없어요. 비슷한 재료가 나오니까 아저씨가 지금 흥분하신 거 같은데 마음을 진정하시고 다시 보세요."

돈을 내걸면 세상에 널린 게 사기꾼이다. 내 말에도 아저씨는 전혀 표정이 바뀌지 않았다.

"그 사람은 매운 거를 좋아하지 않아. 늘 순하고 달콤한 것을 좋아했지. 그래서 매운 맛을 내는 재료에는 별 관심 없을 거야. 아, 이런 일이 일어나기는 일어나는구나. 꿈만 같아."

아저씨는 '꿈만 같아'라는 말을 하며 울먹였다.

형은 카톡 문자에 적혀 있는 '나나'라는 닉네임을 쓰는 주인공의 전화번호를 꾹 눌렀다. 하지만 나나는 전화를 받지 않았다.

"안 받나? 왜 안 받지?"

아저씨의 파리한 얼굴이 더 창백해졌다.

형은 몇 번이나 더 통화를 시도했다. 하지만 나나는 여전히 전화를 받지 않았다. 형은 내일 다시 전화를 해보자고 했다. 퇴근을 하고 중요한 곳에 가야 한다고 말이다. 하지만 아저씨는 형을 놔주지 않았다. 결국 남아 있는 시간만큼 알바비를 더 받기로 하고 형은 계속 통화를 시도했다.

"아, 진짜. 받지도 않을 거면 전화기를 왜 들고 다니느냐고. 전화기가 액세서리냐?"

짜증을 부리며 별 생각 없이 통화 버튼을 누르던 형 얼굴이 한순간 환해졌다. 드디어 나나가 전화를 받은 거다. 형은 오늘 온종일 날리던 멘트를 나나에게 날렸다.

"사랑합니다, 고객님. 고객님께서 이벤트에 당선되셨습니다."

"당첨."

나는 형 말을 고쳐주었다. 무식한 인간 같으니라고.

"으하하하하. 농담에 당황하셨지요, 고객님? 고객님께서 이벤트에 당첨되셨습니다."

형은 나에게 눈을 흘기며 말을 바꿨다.

"돈 받으러 오라고 해. 크림말랑도 먹을 수 있다고 해."

아저씨가 서둘러 말했다.

"언제든지 오시면 삼백만 원을 받으실 수 있습니다."

"언제든지는 무슨 언제든지? 당장 내일 오라고 해."

아저씨가 형 옆구리를 쑤시며 말했다.

"당장 내일 오십시오. 예? 내일은 곤란하다고요? 아하, 그럼 우리도 곤란합니다. 오지 않는 사람을 무작정 기다릴 만큼 우리는 한가하지 않아요. 당첨 취소할 수도 있다는 말씀이지요."

형은 시키지도 않은 말을 만들어냈다. 거짓말이 걸리는 거 하나 없이 얼마나 매끄럽게 잘도 나오는지 나 역시도 형 말이 사실인 거는 아닌지 아저씨를 힐끗 바라볼 정도였다.

나나는 내일 오겠다고 약속하고 전화를 끊었다.

"잘했어. 아주 잘했어."

파리한 아저씨 얼굴에 웃음이 떠올랐다. 다시 한번 말하지만 아저씨 얼굴에는 웃는 모습이 전혀 어울리지 않는다. 그것은 기묘한 분위기를 자아낼 뿐이었다.

"사장님, 이 말씀을 벌써부터 해드리고 싶었는데요. 병원에 한 번 가보심이 어떨지요."

형은 찡그리며 아저씨 얼굴을 바라봤다. 아저씨가 고개를 돌려 형을 외면했다.

"하긴 돈도 많으신 분이 어련히 잘 알아서 하겠어요. 자, 그럼 이벤트 마감하겠습니다."

형은 이벤트를 마감한 다음 알바비를 두둑이 받아 들고 돌아갔다.

아저씨는 창밖을 내다보며 생각에 잠겼다. 유리창 너머 먼 하늘에 유난히 큰 별 하나가 강한 빛을 내뿜고 있었다.

"나에게 그 사람은 저 별과 같았어. 나는 늘 저 별 주변을 서성이며 살았지."

아저씨의 저런 사랑을 받고 있는 그 사람은 누굴까? 내일이면 드디어 보게 되는구나. 나하고는 전혀 상관없는 사람임에도 불구하고 그 사람을 본다는 생각에 설렜다.

내가 눈을 떴을 때도 아저씨는 여전히 창밖을 보고 있었다. 어둠이 밀려간 하늘은 뿌옇게 밝아오고 있었다.

"한숨도 안 잔 거예요?"

"최고의 크림말랑을 만들고 싶어. 정성을 다해 재료를 준비했지."

아저씨는 턱으로 주방을 가리켰다. 주방에는 불이 환하게 켜져 있었다. 나는 주방으로 가봤다. 밤새 아저씨가 지키고 있던 주방에는 사람의 온기가 고스란히 남아 있었다. 아저씨가 그토록 보고 싶어 하는 사람에 대한 마음도 그 온기와 같을 거라는 생각이 문득 들었다.

싱크대 위에는 크림말랑 재료들이 정갈하게 준비되어 있었다. 나는 벽에 붙인 종이를 바라봤다. 동그라미가 스물다섯 개 그려져 있었다. 이제 아저씨와 내가 이곳에 머물 수 있는 날은 이십사 일이다.

"아저씨. 나나라는 사람을 매일 만나면 앞으로 스물네 번이나 볼 수 있어요. 매일 오라고 하세요."

나는 소리쳤다. 아저씨는 별말이 없이 묵묵히 창밖만 바라봤다.

"오늘 다른 손님은 받지 말까요?"

어쩐지 그러는 편이 좋을 거 같았다.

"아니. 그냥 자연스럽게 만나는 게 좋을 거 같아. 그래, 자연스럽게 하자."

아저씨는 심호흡을 한 다음 앞자락을 툭툭 털며 주방으로 갔다. 곧 아침으로 먹을 달걀 프라이와 토마토 주스를 내왔다.

아저씨는 달걀 프라이 하나도 다 먹지 못했다. 다만 토마토 주스만 홀짝였다. 토마토 주스를 마시면서도 아저씨는 계속 입술에 침을 발랐다. 긴장되고 설레고 그리고 떨리는 거다. 그런 모습을 보며 아저씨가 기다리는 그 사람이 더욱더 궁금해졌다.

아침을 먹고 문을 활짝 열고 식당 안을 정리하기 시작했다. 따뜻하고 평화로운 아침 햇살이 식당 안에 가득 찼다. 바닥을 닦고 탁자도 말끔하게 닦았다.

"왜 이렇게 형이 안 오지?"

시계를 보니 가래를 캐애액! 끌어당기며 형이 나타날 시간이 지나 있었다.

나는 문 앞에 서서 저만큼 보이는 분주한 거리를 바라봤다. 버스는 쉬지 않고 정류장에 멈췄다 출발했다. 지하철역으로는 사람들이 몰려 들어가고 거리를 걷는 사람들도 하나같이 바쁘게 보였다.

이 시간이면 아이들은 학교에 가 있겠지. 교문 앞은 허둥지둥 뛰어 들어가는 지각생 몇이 있을 테고 그 안에 수찬이도 있을 거다. 부스스, 까치집을 지었을 수찬이 뒤통수가 눈앞에 떠올랐다. 수찬이는 항상 까치집을 짓고 학교에 왔다. 처음 여자 아이들은 수찬이 뒤통수를 볼 때마다 대단한 구경거리라도 되는 듯 자기들끼리 킥킥거리기도 했었다. 하지만 곧 시시한지 관심을 끊어버렸다. 지각한 아이들까지 서둘러 교실로 들어가고 나면 운동장 끝에 놓인 농구대에는 아침 햇살이 길게 퍼지겠지. 선생님이 들어오기 직전의 교실은 목에 핏대를 세워가며 소리치는 아이들과 교실을 뛰어다니는 아이들로 시끌벅적할 거다. 불과 이십 며칠 전의 일상이 아주 먼 옛날의 일처럼 아득하게 느껴졌다.

"존 왕 올 시간이 넘었는데?"

아저씨가 내 옆으로 다가오며 말했다.

"원래 믿을 만한 인간 못 돼요."

"글쎄. 너는 자꾸 그렇게 말하는데 내가 며칠 겪어본 존 왕은 그리 나쁜 아이 같지는 않던데. 말투가 약간 거칠기는 해도. 말투가 거칠다고 해서 다 나쁜 사람인 거는 아니야."

"지금 왕도수, 아니 존 왕 편을 드시는 거예요?"

그건 정말 섭섭한 일이다.

"아니, 편을 드는 게 아니라 내가 본 대로 느낀 대로 말하는 거지."

"잘 모르면서 아는 체하지 마세요, 기분 나쁘니까요."

"그래, 나보다는 네가 더 잘 알겠지. 그런데 할머니도 계시다고 하지 않았니? 할머니에 대해서는 존 왕에게 한 마디도 묻지 않는 눈치더구나. 그냥 지나가는 말로 물어볼 수는 있는데 말이다. 가족관계는 어떻게 되느냐, 뭐 이런 질문을 넌지시 던지면서 말이다."

"저는 할머니에 대해 전혀 궁금하지 않아요. 할머니는 제가 아빠에게 쫓겨 골목으로 나가 밤을 새도 단 한 번도 찾으러 나오지 않았어요. 얼어 죽었는지 어쨌는지 궁금해하지도 않았어요. 한겨울에 슬리퍼 차림으로 쫓겨났는데도 말이에요. 십 년 만의 한파라고 뉴스에서 떠들어대던 날에도 쫓겨난 적이 있었어요. 그날은 밤새 눈이 엄청나게 쏟아졌어요. 바람도 무지막지하게 불었고요. 남의 집 담벼락에 붙어 추위를 견디고 있는데 얼어 죽을지도 모른다는 공포가 몰려들었어요. 그렇다고 해서 집으로 돌아갈 수는 없었어요. 아빠에게 맞아 죽을 수도 있었거든요. 맞아 죽는 게 나을까 얼어 죽는 게 나을까 고민했죠. 둘 중에 어떤 것도 택할 수 없었어요. 열 살의 저에게는 얼어 죽는 것, 맞아 죽는 것, 둘 다 무서웠어요. 그때 제가 어떤 결정을 내린 줄 아세요?"

나는 아저씨를 바라봤다.

"어떤 결정을 내렸니?"

"뒷집에 개 한 마리를 키웠거든요. 그 집은 담이 없었는데 담이 없는 대신 개집으로 골목과 집의 경계를 표시했어요. 그 집 개는 진돗개와 털이 긴 개의 믹스견이었는데 아주 사납다고 소문이 자자했어요. 굳이 소문이 아니더라도 옆으로 지나가면 날카로운 이를 드러내고 콧잔등을 찡그리는 폼이 쳐다보기만 해도 오금이 저릴 정도였어요."

눈보라가 치던 그날 밤의 모습이 바로 어제일인 듯 눈앞에 선명하게 떠올랐다.

"저는 개집으로 기어들어갔어요. 얼어 죽는 거보다 그게 나을 거라고 생각했어요. 그만큼 추운 것을 견딜 수가 없었어요. 그런데 말이에요. 그 사나운 개가, 제 집을 침입한 침입자를 물끄러미 바라보는 거예요. 당장이라도 물어뜯을 줄 알았는데요. 저는 그날 밤 개집에서 자고 개는 눈보라를 맞으며 밖에 우두커니 서 있었어요."

"신기한 일이구나. 개가 마음이 넓은 건가?"

"그건 아직도 미스터리한 일이에요. 그 개는 그 일이 있은 얼마 뒤 누군가가 훔쳐갔다고 했어요. 개장수일 거라고 주인이 말했어요. 개장수가 범인이라면 개는 죽었을 거라고 했어요. 보신탕으로 팔려갔을 거라고요. 그날 저는 엄청나게 울었어요. 개는 그날 밤 저에게 자신의 모든 것을 내주었잖아요. 그런 대접 처음 받아봤거든요. 제가 누군가를 생각하며 그렇게 울었던 것도 처음이었어요."

말을 하다 보니 눈시울이 뜨거워졌다. 우두커니 서 있던 개의 옆모습이 눈앞에 떠올랐다.

"그래. 그랬겠다. 그런데 아빠에게 쫓겨나는 거는 너 혼자였니? 존 왕은?"

"아빠는 왕도수를 나만큼 싫어하지는 않았던 거 같아요. 술을 마시고 와도 왕도수에게 시비 거는 일은 드물었으니까요. 나는 할머니나 아빠에게 미움 덩어리였던 거 같아요."

아저씨는 고개를 천천히 끄덕였다. 나는 아저씨가 고개를 끄덕이는 의미를 알 수 없었다. 내가 할머니를 궁금해하지 않는 것을 이해한다는 건지 아니면 할머니와 아빠에게 미움 덩어리였던 내 마음을 이해한다는 건지. 하지만 아저씨의 마음은 나에게 그리 중요하지 않았다. 아저씨가 어떤 말을 해도 내 마음 속에 단단히 응어리로 자리 잡은 그런 것들이 변할 일은 없을 테니까. 살았을 적에도 누군가에게 나를 이해해달라고 말한 적 없었는데 이 상황에 굳이 그런 거를 바랄 필요도 없었다.

"존 왕이 올 때가 넘었는데."

아저씨가 말하는 순간 저 멀리 햇살을 등에 지고 태연스런 걸음으로 형이 오고 있었다. 늦었거나 말거나 그런 것은 전혀 신경 쓰지 않는 형다운 모습이었다.

형은 몹시 피곤해 보였다. 눈 밑으로 거무칙칙한 다크 서클이 진하게 내려왔고 입술은 허옇게 껍질이 일어 있었다. 어젯밤 뭔 짓을 하느라고 저런 얼굴이람.

"존 왕, 맨 안에 있는 탁자를 예약석으로 잡아놓도록 하지. 이름은 나나라고 써서."

아저씨가 형에게 말했다.

"그러든가요."

형은 군말 없이 맨 안쪽 탁자에 '예약석-나나' 라고 써서 올렸다. 낯설었다. 삼백만 원씩이나 주면서 무슨 특별우대까지 하느냐고 토를 달아야 형다운데.

개 판 돈 어디에 썼냐?

열두 시가 되자 사람들이 몰려들기 시작했다. 단 며칠 사이 부근의 맛집으로 자리 잡은 거 같았다.

아저씨는 음식을 만드는 중간에 수시로 내다봤다. 나나를 목 빠지게 기다리는데 시간이 지나도 나나는 나타나지 않았다. 아저씨 얼굴이 점점 초조해졌다.

점심시간이 지나고 이미 세 시가 다 되어갔다. 점심시간이 지난 식당은 사람들의 발길이 뜸해졌다.

"전화 한 번 해볼까요?"

형이 아저씨에게 물었다.

"아니, 조금 더 기다려보고. 자연스러워야 좋은 거야."

아저씨는 초조한 빛을 감추지 못하면서도 손바닥을 누르는 시늉을 했다.

"누군지 참 이상하네. 나 같으면 날이 밝자마자 바로 뛰어오겠고만. 삼백만 원이 이웃집 똥개 값도 아니고. 내가 개를 팔아봐서 그 값을 잘 알거든요. 열다섯 살

때 뒷집 개를 훔쳐서 팔아봤는데 그 개장수라는 사람들 엄청 짜더라고요. 개 값을 똥값 쳐주는 거 있지요. 저는 개 값이 그렇게 싸다는 걸 그때 처음 알았어요."

형이 말하는 순간 나는 비명을 지를 뻔했다. 아저씨가 내 팔을 잡지 않았다면 형에게 대들어 모가지를 비틀 뻔했다.

우두커니 서서 세찬 눈보라를 온몸으로 맞고 있던 그 개가 생각났다. 저를 잡아 개장수에게 판 사람이 내 형이라는 걸 그 개는 알고 죽어갔을까. 당연히 알고 있었겠지. 매일 아침저녁으로 만나던 사람이었으니까. 마음 저 깊은 곳에서 알지 못할 감정이 회오리바람처럼 휘몰아쳤다. 슬픔이라고 말하기에는 가슴이 너무 아팠다. 아픔이라고 말하기에는 가슴 한중간에서 뭔가 울컥울컥 넘어왔다.

"나쁜 놈."

나는 형을 쏘아봤다. 다른 때 같으면 미친놈이라고 말하며 머리 위에 손가락을 대고 돌렸을 형이었다. 하지만 피곤한 기색이 역력한 형은 별다른 제스처를 하지 않았다.

"개 판 돈은 어디다 썼냐?"

나는 이를 악물고 물었다. 물어보나마나 한 일이지만 말이다.

"이벤트……"

형이 무슨 말인가 하려고 입을 오물거릴 때 훤칠한 키에 긴 머리의 여자가 식당 안으로 들어서며 말했다.

"나나세요?"

형이 재빨리 물었다.

"예."

나나라는 여자가 대답하는 순간 아저씨 표정은 말로 표현할 수 없을 정도로 험악하게 일그러졌다.

"사장님, 왔어요, 왔어. 환영합니다. 저기, 저기로 앉으세요. 우리가 떡하니 예약석을 준비해두었거든요."

형이 호들갑을 떨며 예약석을 가리켰다.

"아니, 뭐 굳이 그렇게 할 거까지는 없는데……."

"충분히 그럴 만해요. 삼백만 원에 당첨되신 분이니까요. 솔직히 말해서 삼백만 원이 이웃집 똥개 값은 아니잖아요."

형이 말하는 순간 머리에서 김이 확 솟구치는 느낌이 들었다.

나나는 식당을 힐끗거리며 조심스러운 발걸음으로 예약석으로 향했다.

"잠깐만이요."

그때 아저씨가 나나를 향해 달려가더니 나나 팔을 거칠게 잡았다.

"댁이 크림말랑 재료를 어떻게 알고 있지요? 그럴 리가 없는데. 크림말랑 재료는 세상에서 단 두 사람만 알고 있어요. 두 사람만 알고 있어야 맞는 건데 당신이 어떻게 아느냐고요?"

아저씨는 나나에게 따지듯 물었다. 나나는 아저씨가 그렇게도 기다리던 사람이 아닌 듯했다.

"아 뭐야. 이벤트 잘 해놓고 이제 와서 왜 저래? 삼백만 원 주기가 싫어진 거야? 저러면 안 되지. 내 SNS에 올렸는데 이렇게 나오면 중간에서 나만 쪽팔리잖아. 준다고 했으면 기분 좋게 주어야 하는 거 아니야? 에이씨, 저 여자가 이 사실을 SNS에 올리면 개쪽이다, 개쪽."

형이 펄펄 뛰었다.

"어떻게 크림말랑 재료를 알았냐고요?"

아저씨는 나나에게 계속 따져 물었다.

"댁이 이 식당 셰프세요?"

나나가 물었다.

"그래. 내가 이 식당 셰프지. 크림말랑을 만드는 사람이라고. 어떻게 재료를 알아냈는지 어서 말해."

아저씨 입에서 반말이 튀어나왔다. 나나는 아저씨를 아래위로 훑어봤다.

"그러는 아저씨는 크림말랑을 어떻게 만들 줄 아시는 거죠? 아저씨 말대로 크림말랑의 재료는 이 세상에서 단 두 사람만이 알고 있을 뿐인데요."

이번에는 나나가 따져 물었다.

"내가 먼저 물었잖아."

"댁이 먼저 대답하세요."

아저씨와 나나의 눈에서는 불꽃이 튀었다.

"야."

형이 내 팔을 툭 쳤다.

"둘이 왜 저러냐?"

왜 저러는지 나도 궁금하던 참이다.

"혹시 크림말랑이 특허 제품이냐? 사장님하고 나나하고 둘 중에 하나가 특허 제품을 훔친 거야? 그래, 맞아. 딱 보니 둘 중에 하나는 도둑이네. 참 할 일들도 없지. 왜 남의 거를 훔쳐? 치사하게."

형이 혀를 끌끌 찼다.

"개도둑이 할 말은 아닌 거 같은데?"

"여기서 개 이야기는 왜 나와?"

형이 발끈했다.

"혹시 서지영과 아는 사이인가?"

아저씨가 나나에게 물었다.

"그렇다면 댁은 이민석 씨와 아는 사인가요?"

나나가 물었다.

"서지영과 어떤 사이요? 서지영이 보냈나?"

"그러는 댁은 이민석 씨와 어떤 연관이 있는 거죠? 그거부터 알아야겠는데요."

둘은 질문을 이어갔다. 둘 중 누구도 먼저 대답할 분위기는 아니었다.

한참 답 안 나올 말씨름의 마침표를 찍은 사람은 나나였다. 나나는 삼백만 원은 처음부터 받을 생각도 없었다는 듯 삼백만 원에 대한 말은 단 한 마디도 하지 않는 채 돌아갔다. 아저씨는 매몰차게 돌아서는 나나를 식당 입구까지 따라가 손목을 잡았다.

"서지영 연락처를 알려줘요."

"그렇게는 못하겠는데요. 댁이 어떤 사람인 줄 알고요?"

나나는 아저씨 손을 매몰차게 뿌리쳤다.

"이렇게 한다고 해서 해결될 문제가 아니라고 전해줘. 이민석은 절대 포기하지 않는다고 전해줘. 그걸 알고 서지영이 당신을 보낸 거 아닌가? 찾아오지 않으면 내가 무슨 수를 써서라도 찾아낼 걸 알고."

아저씨는 뒤돌아서는 나나에게 말했다. 나나는 아저씨 말을 못 들은 척 종종걸음으로 가버렸다.

"사장님. 둘 중에 누가 도둑인 거죠? 남이 특허 받은 거를 훔치는 거는 아주 치사한 짓이에요."

아저씨는 대답 대신 두 손으로 머리를 감싼 채 방으로 들어갔다.

"오늘은 식당 문 그만 닫을 거야. 그러니까 가."

나는 형에게 빨리 가라는 손짓을 했다.

"왜? 저녁 장사 안 할 거야?"

"지금 음식 만들 분위기가 아니잖아."

나는 턱으로 방을 가리켰다.

"알바비는?"

형이 손을 내밀었다. 아침부터 네 시까지 시간을 계산해서 알바비를 내밀자 형은 강하게 따지고 들었다. 자신은 저녁까지 일을 하려고 했는데 주인의 사정으로 그 일을 못하게 되었으니 손해배상을 하라는 거다. 손해배상은 저녁 일곱 시까지 알바비를 계산해달라는 거였다. 나는 따지기 귀찮았다. 형과 얼굴을 붉혀가며 눈을 마주 보기도 싫었다.

"잘 먹고 잘살아라."

나는 알바비를 형 앞에 있는 탁자에 내던지다시피 했다.

"새끼. 돈은 말이야, 이렇게 함부로 다루는 게 아니야."

형은 주섬주섬 돈을 주워들었다.

"뭐 좀 물어봐도 돼?"

나는 형을 바라보다 물었다.

"뭐든."

형은 손가락에 침을 묻혀 돈을 세어 주머니에 넣었다.

"개 훔쳐서 판 돈 어디다 썼어?"

"그건 알아서 뭐하게?"

형은 고개를 쳐들고 나를 빤히 쳐다봤다.

"궁금해서 그래. 그런 나쁜 짓을 해서 생긴 돈을 어디다 썼는지. 혹시 그 돈으로 옷 사 입었냐? 아니면 클럽에 갔냐?"

"그때는 내가 열다섯 살 때인데 무슨 클럽? 미친놈. 너무 오래되어서 어디다 썼는지 까먹었다. 그깟 돈 몇 푼이나 된다고."

형은 돈을 집어넣은 주머니를 툭툭 쳤다.

"나쁜 새끼."

몇 푼이나 된다고! 그 말이 가슴 중간을 자극했다. 나는 시큰해지는 콧잔등을 손등으로 훔쳤다.

"뭐? 나쁜 새끼? 이게 미쳤나? 오냐오냐 봐줬더니 아주 기어오르려고 하네. 어디다 대고 욕이야?"

형이 손을 번쩍 들었다. 나는 형 앞으로 머리를 들이밀었다. 쳐라, 쳐라! 네 마음대로 쳐봐라! 내가 맞아서

오 년 전 죽은 그 개의 마음이 조금이라도 편해진다면 실컷 얻어맞아도 좋을 거 같았다.

당장이라도 내 머리통을 내리칠 거 같던 형은 무슨 생각이 들었는지 손을 내려 셔츠 자락에 쓱쓱 문질러 닦았다.

형이 가고 난 후 식당 문을 닫았다. 아직 밖은 환한데 식당 안에는 한밤중의 고요와도 같은 적막감이 내려앉았다.

나는 창밖을 내다봤다. 버스 정류장과 지하철역은 아침과 마찬가지로 분주했다. 지금 이 시간이면 아이들이 학교에서 돌아올 시간이다. 앞다퉈 교문을 나서서 집으로 돌아가기도 하고 학원으로 가기도 한다. 더러는 분식집으로 또 더러는 시장 옆 후미진 골목으로 향한다. 후미진 골목으로 들어간 아이들은 담배를 피워 물고 오늘 마음에 들지 않았던 선생들 욕에 목에 핏대를 세울 거다. 수찬이도 그 무리 중에 있을 거다. 수찬이는 담배를 피우고 난 다음에는 가게로 가겠지. 그리고 치킨 배달을 시작할 거다. 다른 아이들 얼굴은 흐릿한데 유독 수찬이 모습만 또렷하게 떠올랐다.

수찬이는 내가 가게 스쿠터를 가끔 훔쳐 타는 거를 모른 체해 주었다. 내가 스쿠터 면허도 없다는 걸 알면서도 말이다. 수찬이는 내가 스쿠터를 탈 때 얼마나 자유스러워하는지 알고 있었을 거다. 그래서 그랬던 거다.

말은 하지 않아도 수찬이와 나는 통하는 게 있었다. 수찬이가 치킨 배달을 시작한 것은 두어 달 남짓 되었다. 원래는 수찬이 엄마가 배달을 했었다. 그걸 왜 수찬이가 하게 되었는지는 잘 모르겠다. 아무튼 나는 수찬이가 배달하기 싫어할 때를 용케 알아 그때 스쿠터를 훔쳐 탔던 거다. 스쿠터를 타고 바람을 가르며 달리고 난 뒤 스쿠터는 그 후미진 골목에 가져다놓는다. 그러면 수찬이가 찾아가는 식이었다. 수찬이와 나는 학교에서는 물론이고 동네에서도 말을 섞지 않는 사이다. 길가다 마주쳐도 아는 척도 하지 않는다. 하지만 우리 둘은 깊은 비밀을 공유한 공범이다.

수찬이와 내가 서로 믿는 사이가 된 것은 둘에게 공통점이 있기 때문이다. 수찬이네가 우리 동네에 치킨집을 연 것은 수찬이와 내가 초등학교 일학년 때다. 같은 학년이지만 수찬이가 나보다 한 살인가 두 살 위라는 것을 안 것은 한참 뒤였다. 왜 남들보다 학교에 늦게 들어왔는지는 모르겠다.

어느 날인가 나는 가게 앞에서 자기 아빠에게 흠씬 두들겨 맞고 있는 수찬이를 봤다. 비쩍 마른 수찬이는 두꺼비 같은 자기 아빠 손에 뺨을 맞을 때마다 땅바닥에 엉덩방아를 찧기도 하고 머리를 부딪치며 넘어지기도 했다. 그런 일은 수시로 일어났다. 나는 그런 수찬이를 볼 때마다 내가 슈퍼맨이면 좋겠다는 생각을 했었다. 맞고 있는 수찬이를 옆구리에 끼고 하늘 높이 떠오르고 싶었다.

수찬이도 내가 아빠에게서 맞고 쫓겨나는 것을 봐왔다. 수찬이는 내가 그랬던 거처럼 나를 위로하거나 그런 적은 없다. 속으로는 나처럼 슈퍼맨이 되었으면 하고 바랐을 수도 있지만 이야기를 나눠본 적이 없어 모르겠다.

우린 그저 눈으로 보고 말없이 동지애를 느꼈다. 수찬이가 나보다 나은 점이 있다면 엄마가 있다는 거다. 수찬이가 맞을 때 가끔 수찬이 엄마가 말려주었다. 수찬이 엄마도 수찬이처럼 비쩍 말랐다. 수찬이 엄마? 수찬이 엄마를 떠올리자 뭔가 생각날 듯 말 듯했다. 답답했다.

―쾅.

그때 방문이 열렸다. 아저씨가 화장실로 향했다.

"이대로 포기할 수는 없어."

화장실에 다녀온 아저씨가 의자를 끌어당겨 앉으며 말했다.

"서지영이라는 사람이 아저씨가 진짜 만나고 싶어 하는 사람이지요?"

"며칠 남았지?"

아저씨는 대답 대신 벽에 붙인 종이를 바라봤다. 하나, 둘, 셋, 넷…… 아저씨는 눈으로 동그라미를 세어갔다.

"그런데 왜 나나는 서지영이라는 사람의 전화번호를 알려주지 않는 거죠? 둘이 분명 아는 사이 같던데."

아저씨는 여전히 내 말에 대답하지 않았다.

"절대, 절대 포기하지 않아."

결심을 하는 듯 주먹을 꼭 쥐는 아저씨 눈빛이 강하게 번득였다. 뭐라 설명할 수는 없지만 섬뜩함이 느껴지는 눈빛이었다. 이십 일이 넘도록 아저씨와 같이 지내면서 저런 눈빛은 처음이다. 아저씨는 잠시 후 방으로 들어갔다.

나는 돈 통을 열고 돈을 꺼내 주방 냉장고 옆에 있는 비닐포대에 넣었다. 그동안 번 돈이 이미 비닐포대 반을 넘었다.

"재료는 아직 있는 건가?"

나는 냉장고를 열었다. 처음 이 식당에 왔을 때보다 냉장고 안은 눈에 띄게 휑해졌다.

이십오 일 동안 달걀 프라이 두어 번 할 때와 설거지 서너 번 할 때 외에는 들어와 본 적 없는 주방을 둘러봤다. 이곳은 오로지 아저씨만의 영역이었다. 주방 안은 깔끔했다. 오늘 점심 설거지까지 말끔하게 마친 상태였다. 행주는 눈부시게 흰색이었고 싱크대는 빛이 났다. 물기를 빼기 위해 건조대 위에 엎어둔 그릇 외에 다른 그릇들은 싱크대에 질서정연하게 정리되어 있었다. 아저씨는 셰프로서 지녀야 할 덕목을 완벽하게 갖춘 사람이었다. 음식 잘하지, 청결하지. 이렇듯 자신에게 철두철미한 사람은 다른 사람들에게도 웬만해서는 실수하지 않는다. 그런데 아까 나나는 아저씨를 꼭 원수 보듯 했다. 분명 원만한 관계는 아니다. 무슨 비밀이 있는 걸까.

도둑

　오 일이 지나도록 형이 오지 않았다. 손님에게 휴대폰을 빌려 형에게 몇 번이나 전화를 했지만 받지 않았다. 하여간 형이라는 인간은 나에게 도움이라고는 새발의 피만큼도 주지 않는다. 도움은커녕 사람을 엄청나게 신경 쓰이게 한다.

　아저씨는 오매불망 형을 기다렸다. 나나의 전화번호가 궁금한 게 분명했다. 오며 가며 한 번씩 들르던 백발 할머니도 약속이나 한 듯 오지 않았다. 그렇지 않아도 파리하니 창백한 아저씨 얼굴은 차마 마주 보기 민망할 정도로 절망스럽고 불쌍하게 변해갔다. 파리한 얼굴이 보라색으로 변하더니 짙은 청보라색이 되었다. 이대로 가다가는 이십 일이 아니라 단 며칠도 견디기 힘들어 보였다.

　"식당 문을 닫는 게 좋겠어요. 손님들도 아저씨 얼굴을 보면 미안해서 밥 먹을 기분도 안 날 거예요."

"안 돼."

"거울 좀 보라고요."

"아무튼 식당 문을 못 닫아."

"제가 볼 때는 쓸데없는 짓 같아요."

아저씨는 착각하고 있다. 식당 문을 열어두면 나나와 서지영이라는 사람이 찾아올지도 모른다는 착각 말이다. 내가 볼 때 그럴 확률은 거의 제로에 가깝다.

"니네 형이나 좀 찾아봐. 왜 안 오는지 알아보라고."

아저씨가 말했다. 목소리가 뾰족했다. 지금 아저씨 심정을 모르는 거는 아니지만 내가 어디 가서 형을 찾아? 왜 안 오는지 누구에게 알아보느냐고?

형이라는 인간. 그 인간이 그렇지 하면서도 한편으로는 어쩐지 궁금했다.

"바람처럼 빠르구나, 시간이."

아저씨는 또 하나의 동그라미를 그린 후 펜을 힘없이 떨어뜨렸다.

며칠 동안 잠을 제대로 못 잔 아저씨는 피곤했는지 일찌감치 방으로 들어갔다. 나도 젖은 솜처럼 몸이 무거웠다. 나는 불을 끄고 탁자 위에 벌러덩 누웠다.

눈을 뜬 거는 덜그럭거리는 소리 때문이었다. 나는 잠결에 창문을 제대로 닫지 않았구나 생각했다. 바람이 덜 닫힌 창문을 흔들었고 그래서 소리가 나는 거라고 짐작했다. 나는 일어나기 귀찮아 뒤척이며 도로 눈을 감았다. 창문이 열려 있다고 해서 크게 문제 될 거는 없었다.

－쿵!

이어지는 소리에 감았던 눈을 다시 떴다. 어둠이 차차 익숙해지면서 주방 쪽 창문 안으로 어른거리는 그림자가 보였다. 사람 그림자였다. 나는 정신이 번쩍 들었다. 도둑이야! 소리쳐야 하는데 입은 풀칠을 한 거처럼 움직여지지 않았다. 몸도 얼음이 된 듯 굳었다.

그림자는 조심스럽게 주방으로 들어갔다. 부스럭부스럭 뭔가 뒤지는 소리가 들리더니 쨍그랑! 냄비 떨어지는 소리가 요란했다. 냄비 소리를 끝으로 잠시 모든 소리가 우뚝 멈췄다. 도둑이 냄비 소리에 놀란 게 분명했다. 서늘한 적막이 흘렀다.

얼마나 시간이 흘렀을까. 주방에서 다시 움직임이 있었다. 사부작사부작, 작은 움직임은 점차 큰 움직임으로 변했다. 도둑은 주인이 소리에 반응하지 않자 깊이 잠이 들었다고 판단한 모양이었다.

－지지이익.

뭔가 끄는 소리가 났다. 나는 그것이 돈이 든 자루라는 것을 직감했다. 이걸 어떻게 해야 하지? 기침이라도 해서 도둑이 도망가게 만들어야 하나. 만약 기침을 했는데 도둑이 도망가지 않고 도리어 달려든다면? 그러면 곤란하잖아. 그렇다고 돈 자루를 들고 가게 그냥 둘 수는 없고. 아니지, 어차피 나와 아저씨에게는 필요 없는 돈인데 가져가면 어때? 아니, 아니야. 매일 생고생을 하며 장사해서 번 돈인데 누군지도 모르는 도둑이 들고 가면 억울하잖아.

―쾅.

내 고민을 한꺼번에 무너뜨린 것은 아저씨였다. 아저씨가 화장실에 가려고 나온 모양이었다. 2 대 1. 도둑이 강하다고 해도 2 대 1이면 해볼 만한 싸움이다. 때는 이때다.

"도둑이야. 아저씨 주방에 도둑이 있어요."

나는 힘껏 소리쳤다.

후다다다닥! 바람이 몰아치는 소리가 들리며 그림자가 창문에 매달렸다. 나는 나도 모르게 달려가 그림자를 향해 몸을 날렸다. 도둑은 나를 뿌리치려고 했고 나는 도둑을 놓치지 않으려고 옷자락을 움켜잡았다.

아저씨가 주방 불을 켜는 순간 도둑은 나를 밀치고 창문을 넘어갔다. 그리고 어둠 속으로 사라졌다.

"이게 무슨 일이야?"

아저씨는 놀라서 입을 다물지 못했다.

"이걸 훔치러 왔었어요."

나는 주방 중간에 놓인 돈 자루를 가리켰다. 그때 내 손 안에 뭔가 잡혀 있다는 걸 깨달았다. 단추 두 개였다. 도둑의 셔츠를 잡아당길 때 떨어진 게 분명했다.

아저씨는 돈 자루를 도로 냉장고 옆으로 밀어 넣었다.

"도둑이 아는 장소에 도로 넣으면 어떻게 해요? 가지고 가라고 말하는 거나 마찬가지지요. 방에 들고 가세요. 그리고 앞으로는 창문 좀 제대로 잠그세요. 환기를 한다고 열어놨다가 대충 닫기만 하지 잠그지는 않잖아요?"

"어차피 십구 일 뒤에는 이 건물 안에 두고 갈 돈이야."

아저씨는 멍하니 돈 자루를 바라봤다.

"그래도 일단 돈이니까 잘 보관하는 게 좋아요."

나는 돈 자루를 방으로 끌고 들어가 한쪽 구석에 세워두고 나와 창문을 단단히 잠갔다. 그러고 나서야 손에 쥔 단추를 자세히 살펴봤다. 처음 보는 순간에도 낯설지 않았던 단추였다. 검은색 바탕에 갈색 물방울무늬가 작게 새겨진 단추. 어디서 본 듯한데 어디서 봤더라.

불을 끄고 돌아서는 순간 강한 것이 뒤통수를 치는 듯하더니 형이 입고 다니던 셔츠가 떠올랐다. 맞다, 형 셔츠에 달려 있던 단추였다.

"내가 이럴 줄 알았어."

나는 단추를 꼭 쥐었다. 이러려고 며칠 동안 코빼기도 보이지 않았던 거다. 백발 할머니와 형이 공범일 거라는 내 추측은 정확하게 맞아떨어졌다. 백발 할머니도 덩달아 보이지 않은 걸 보면 말이다.

잠이 오지 않았다. 하여튼 밉다 밉다 하니까 미운 짓만 골라서 했다. 살았을 때도 못살게 굴더니 끝까지 쫓아다니며 짜증나게 하고 있다. 물론 내가 왕도영인 거는 꿈에도 모를 테지만 하여간 형과 나는 사람으로 태어나기 전에 옛날이야기에 나오는 개와 고양이였던 게 분명하다. 구슬을 물고 가다 강에 빠뜨린 개와 고양이 말이다. 둘은 앙숙이었다. 그렇게 비유하고 보니 아주 잘 들어맞는 비유였다.

잠을 잔 듯 만 듯 아침이 왔다. 아저씨는 달걀 프라이라도 해야겠다며 주방으로 갔고 나는 의자에 앉아 단추를 뚫어지게 바라봤다.

"뭘 그렇게 보니?"

아저씨가 달걀 프라이 두 개와 사과 주스를 들고 나오며 물었다.

"어제 도둑놈 셔츠에서 떼어낸 단추예요."

"그래? 도둑과 몸싸움을 했었니? 위험하게 그런 짓을 왜 했어?"

"저도 모르게 몸이 반응한 거예요."

"몸이 반응했다? 정의감에 불타는 면이 있는 모양이다."

아니, 뭐 열다섯 살까지 살며 나쁜 짓을 하지는 않았지만 그렇다고 해서 불의를 보면 참지 못하는 정의로운 아이도 아니었다. 수찬이네 스쿠터를 훔쳐 타는 일도 아무렇지도 않게 했으니까.

나는 단추의 주인이 형이라는 말을 하려다 말았다. 지난번 돈 통 사건도 있고 아저씨가 또 확실한 증거도 없이 곤란한 일을 만든다고 말할까 신경 쓰였다. 물론 단추가 증거이기는 하나 한편으로 생각하면 도둑이 형과 같은 옷을 입지 말라는 법은 없다. 확실한 증거가 필요하다.

"이제 십구 일 남았어."

아저씨가 말했다.

"예."

"시간이 참 빠르지?"

시간이 빠르다는 말은 아저씨가 요즘 부쩍 많이 쓰

는 말이다. 아저씨는 뒷말을 이어가지 않았다.

달걀 프라이를 한꺼번에 입에 넣고 사과 주스를 마셔 삼켰다. 그러고 난 다음 창문을 활짝 열어젖히고 청소를 시작하려고 할 때였다. 삐그덕! 문이 열리며 머리 하나가 불쑥 들어왔다. 백발 할머니였다. 지금 이 시점에 저 할머니가 왜 나타난 거지? 혼란스러웠다. 도둑과 공범이면 꼭꼭 숨어야 하는 거 아닌가?

"어서 오세요. 한동안 왜 안 오셨어요? 그렇지 않아도 얼마나 기다렸는데요."

백발 할머니가 도둑과 공범이라는 걸 꿈에도 모르는 아저씨가 반갑게 말했다.

"공짜 밥이나 먹는 나를 뭐 하러 기다리나? 별일 없지?"

백발 할머니는 식당 안을 휘휘 둘러봤다. 그 모습이 어쩐지 평소와는 좀 달랐다. 다른 날은 식당으로 들어오면 바로 탁자 앞에 앉았다. 그런데 오늘은 왜 저렇게 식당을 낯설어하는 건지 모르겠다. 그때 퍼뜩 떠오르는 생각이 있었다.

─범인은 항상 범행 장소에 나타난다!

그래! 이거구나! 형 대신 백발 할머니가 범행 장소를 확인하러 온 거다. 혹시 형이 범인인 것을 우리가 눈치를 챘는지, 경찰은 왔는지, 훔치다 실패한 돈은 어떻게 되었는지, 두루두루 궁금한 거다. 형은 차마 오지 못했겠지. 단추가 떨어진 것을 알게 되었을 테니까. 백발 할머니는 형 단추에 대해 집중적으로 궁금해할 수도 있다. 단추 이야기는 꺼내지도 말고 눈치를 봐야겠다고 마음먹었다.

"무슨 별일이요?"

아저씨와 내가 동시에 물었다.

"아니 그냥 뭐…… 그런데 알바는 어디 갔나?"

그렇지! 형에 대해 제일 먼저 물을 줄 알았다. 아저씨와 내가 형을 어젯밤 나타났던 범인으로 생각하고 있느냐, 그게 제일 궁금한 거다.

'형이요? 그거야 할머니가 더 잘 아실 텐데요, 그걸 왜 여기 와서 묻나요? 혹시라도 나와 아저씨가 형이 도둑이라는 걸 알아차렸을까 봐 찾아온 거잖아요.'

당장이라도 이렇게 말하고 싶어 목구멍이 간질거렸다.

"제가 할머니에게 묻고 싶은 말이에요. 존 왕이 며칠째 안 오고 있거든요."

아저씨가 말했다.

"으응? 그래?"

할머니가 짐짓 놀라는 표정을 지었다.

"전화도 안 받아요. 전화번호가 바뀐 건지. 존 왕 전화번호 좀 알려주세요. 바뀐 건지 아닌지 확인 좀 하게요. 답답해서 살 수가 없어요. 아, 그리고 존 왕을 소개하셨으니까 살고 있는 집도 아시죠? 한 번 다녀오시면 안 될까요?"

"말도 안 하고 안 나와? 식당 바쁜 거 알면서 왜 그럴까? 책임감 없게."

백발 할머니가 놀란 표정을 지었다. 아이구야, 연기

한 번 수준급이네요, 배우도 울고 갈 실력이에요.

"존 왕 집에 다녀와주세요. 알바하기 싫으면 잠깐이라도 왔다 가라고 전해주세요. 수고비는 드릴게요."

아저씨는 두 손을 모아 쥐고 사정했다.

"어디 사는지 나도 몰라."

백발 할머니가 고개를 저었다.

"할머니랑 잘 아는 사이 아닌가요? 그러니까 소개를 하신 거잖아요."

아저씨가 모아 쥔 두 손을 간절하게 흔들었다.

"내가 소개한 게 맞긴 맞지. 그런데 나도 그날 병원에서 처음 본 총각이었어. 커피 한잔 뽑아먹고 있는데 총각이 침을 꼴깍꼴깍 삼키는 거야. 커피를 마시고 싶어 그러는 거 같아 한 잔 뽑아줬지. 커피 값이 이백 원밖에 하지 않았거든. 누군가에게 선심을 쓰기에 과하지 않은 값이었어. 그랬더니 가방도 들어주고 얼마나 친절한지 몰라. 그래서 이 얘기 저 얘기 하다가 일자리를 구한다는 말을 들었어. 누가 아파서 돈이 필요하다고 한 거 같던데. 그래서 이 식당에 소개시켜 준 거야. 사장이 알바 구해달라고 나한테 부탁도 했고 말이야."

"그럼 존 왕 집을 진짜 모르신다는 말씀이세요?"

아저씨는 실망해서 금방이라도 울음을 터뜨릴 거 같았다.

"그렇다니까. 아, 전화번호는 여기 있어. 병원에서 일자리 부탁을 할 때 내 휴대폰에 저장해주었거든."

백발 할머니가 휴대폰을 내밀었다. 원래 형 전화번호

였다.

백발 할머니는 다시 오겠다며 식당에서 나갔다. 나는 백발 할머니를 따라나갔다.

"며칠 전에 된장찌개 시켜먹고 가신 날요. 할머니가 존 왕 귀에 대고 무슨 말인가 속삭였잖아요? 모르는 사이인데 비밀이 있었던 건가요? 제가 볼 때는 무지하게 가까운 사이 같았는데요."

나는 비웃음을 한껏 담아 말했다. 흥. 할머니는 지금 할머니 자신의 연기가 완벽하다고 스스로 흐뭇하게 생각하고 있지요? 아저씨가 깜빡 속아 넘어갔으니까요. 하지만 세상은 그렇게 호락호락하지 않아요.

"내가 존 왕 귀에 대고 속삭였다고? 나는 그런 적 없는데."

눈 하나 깜짝하지 않고 오리발이었다.

"잘 생각해보세요. 된장찌개에 밥 비벼서 단숨에 해치우던 날 있잖아요. 친구들과 함께 오지 않고 할머니 혼자 온 날요."

"뒤돌아서면 내 나이도, 이름도 까먹는데 며칠 전 일을 어찌 생각해내누? 내 나이 되어봐. 열에 아홉은 그렇거든."

나이 탓을 하며 미꾸라지처럼 빠져나가려고 안간힘을 쓰는 게 빤히 보였다. 백발 할머니 정도의 나이에 한 나라의 대통령을 하는 사람들도 많다. 나이 탓이 아무 때나 무사통과 하는 거는 아니라는 말이다.

"존 왕이 계산대 옆에 서 있었어요. 할머니는 슬금슬

금 다른 사람들의 눈치를 보며 존 왕에게 다가갔어요. 이렇게요."

나는 그날 백발 할머니가 했던 행동을 재연해 보였다.

"아하. 그날."

백발 할머니는 그제야 고개를 끄덕였다. 이쯤이면 수긍할 건 수긍하고 나가는 게 더 나을 거 같다는 판단을 한 게 분명했다.

"무슨 말 하셨어요? 그날 할머니와 존 왕 둘 다 얼굴이 어두웠거든요. 무슨 일이 있었던 거지요? 딱 그날 이후에 존 왕이 오지 않았거든요. 할머니도 마찬가지였고요. 오늘이 그날 이후 처음 식당에 오시는 건데 알고 계시지요?"

"내가 그랬나?"

백발 할머니가 천장을 바라보며 생각하는 척했다. 다시 한번 말하지만 연기가 수준급이었다. 다만 나에게는 먹히지 않는다는 거지만.

"이런 말을 해야 하나. 나중에 알바가 알게 되면 자존심이 상할 수도 있는데. 사실은 알바가 나한테 돈 좀 빌려달라고 하더라고. 나중에 알바비 모아서 갚겠다고. 나는 알아보마했지. 나도 돈이 없어서 다른 친구에게 빌려보려고 했거든. 그런데 여윳돈 있는 친구가 아무도 없었어. 그래서 그 말을 전달한 거지."

"돈을 빌려달라고 했다고요?"

"그래."

"왜요?"

"누가 아파서 병원비가 필요했겠지. 병원에서 그 말을 들은 적이 있거든."

"할머니는 존 왕 어디를 믿고 친구한테까지 부탁해서 돈을 빌려주려고 했어요?"

"너는 대체 나한테 듣고 싶은 말이 뭐니? 꼭 형사처럼 다그치는구나. 못 믿을 거는 또 뭐가 있니? 척 보니 알바 그 아이, 나쁜 아이는 아니야."

참 사람 보는 눈이 별로군요. 할머니가 말하는 그 알바는 아주 나쁜 아이예요.

"누가 아파서 그랬을까요?"

"글쎄다. 누가 아픈지는 못 들은 거 같다. 그 병원이 노인들이 많이 오는 곳이니까 노인이 아픈 거 아닐까."

"흥, 존 왕은 누구의 병원비를 마련하기 위해 알바를 하고 남에게 돈을 빌릴 정도로 착한 사람이 아니거든요."

그 점을 분명하게 말하고 싶었다. 백발 할머니와 형이 공범이 아니라면 백발 할머니는 형에게 한 방에 속은 거고 백발 할머니와 형이 공범이라면 다시 한번 말하지만 백발 할머니의 연기는 수준급이다. 여전히 백발 할머니가 의심스러웠다. 하지만 이상하게도 백발 할머니 말이 사실일지도 모른다는 생각이 마음 한쪽 구석에서 꿈틀거렸다. 만약 그렇다면 형은 누구의 병원비가 필요한 걸까? 설마 할머니? 에이, 그럴 리가. 할머니는 그 나이 되도록 감기도 잘 걸리지 않았다. 돌을 먹어도 삭힐 만큼 위장도 튼튼해서 탈 한 번 나지 않았다. 그런 할머니가 갑자기 아플 턱이 없다. 그리고 할머니가 아프다고 해도 그렇다. 적극적으로 나서서 병원비를 구할 형도 아니다.

'아, 뭐 할머니가 아프면 또 어때. 나하고 무슨 상관이람.'

나는 할머니 얼굴을 털어냈다. 만에 하나 할머니가 아프다고 하더라도 내가 상관할 바가 아니다. 내가 할머니에게 받았던 미움과 할머니로 향했던 미움은 얼음덩어리처럼 굳어 있다. 그건 어떤 것으로도 녹일 수 없다.

백발 할머니가 돌아가고 난 후 머릿속이 한참 동안이나 어수선했다. 하지만 시간이 지나면서 형과 백발 할머니가 공범이라는 생각이 다시 강해졌다. 백발 할머니의 연기력에 속은 거 같아 억울했다.

울지 않는
아이인 줄 알았는데

잿빛으로 내려앉았던 하늘에서 기어이 비가 쏟아졌다. 거리는 삽시간에 폭우에 휩싸였다. 요즘 비가 자주 내린다. 이 정도의 비라면 파리 날리는 날이다.

예상대로 점심시간이 되어도 식당 안은 한가했다. 아저씨는 빗물이 흘러내리는 주방 창문을 멍하니 바라보고 있었다. 지친 아저씨 등 위로 형광등 불빛이 흘러내렸다. 진청색의 아저씨 셔츠가 오늘따라 더 낡고 바래 보였다.

그때 문이 열리고 오늘의 첫 손님이 들어왔다. 비 내리는 날 날궂이 한 번 멋지게 해보자는 것도 아니고 눈부시게 하얀 진바지에 청색 물방울무늬가 새겨진 흰 셔츠를 입은 삼십대 후반으로 보이는 남자였다.

"크림말랑요."

남자는 주방을 힐끗 보며 맨 안쪽에 있는 탁자에 자리를 잡고 앉아 주문했다.

"크림말랑요."

나는 손님이 온 줄도 모르고 여전히 창을 바라보고 있는 아저씨를 향해 소리쳤다.

"아."

아저씨는 그제야 정신을 차리는 듯 머리를 좌우로 세차게 흔들고는 싱크대 앞으로 가 속이 깊은 프라이팬을 찾아 들었다.

눅눅하고 스산했던 식당 안 공기는 크림말랑 냄새가 퍼지면서 따뜻해졌다. 남자는 음식을 기다리며 자꾸 주방을 힐끔거렸다. 그럴 수도 있겠지만 어쩐지 남자의 행동이 수상쩍었다.

"나왔습니다."

얼마 후 아저씨가 소리쳤다. 나는 크림말랑을 남자에게 가져갔다.

"셰프 님을 잠깐 만날 수 있을까?"

남자는 탁자 위에 놓이는 크림말랑에는 관심도 없는 듯 말했다. 나는 주방으로 가서 남자의 말을 아저씨에게 전했다. 아저씨는 마른행주에 젖은 손을 문질러 닦고 남자에게 다가갔다. 남자는 엉거주춤 일어나 아저씨를 맞았다.

"저를 보자고 하셨다고요?"

"예. 바쁘지 않으시면 좀 앉으셔서……."

남자는 말끝을 흐렸다. 아저씨는 남자와 마주 보고 앉았다.

"무슨 일이신지."

"이리저리 돌려서 말하는 거보다 단도직입적으로 말하겠습니다. 이민석 씨와 셰프 님과는 어떤 관계인가요?"

남자의 말에 아저씨는 약간 숙이고 있던 고개를 반짝 처들었다.

"서지영을 아나요?"

아저씨 목소리는 떨렸다.

"예."

"서지영을 어떻게 아시지요?"

아저씨 표정은 점점 더 놀라움으로 변했고 놀라운 표정은 경직되었다. 갑자기 아저씨는 자리에서 일어나 남자의 옆으로 갔다. 그러고는 꼼꼼히 남자의 옆모습을 살폈다. 왜 사람을 저런 식으로 보는지 지켜보는 내가 당황스러웠다.

"당신이었군."

아저씨가 갑자기 탁자를 내리쳤다.

"당신이 왜 나를 찾아온 거지?"

아저씨 목소리는 격앙되어 있었다.

"내가 먼저 물었습니다. 이민석 씨와 셰프 님은 어떤 관계인가요? 일단 그거부터 알아야 찾아온 용건을 말씀드릴 수 있어요."

"어떤 관계인 게 그렇게도 중요한가? 어떤 관계인지는 그렇게 중요한 게 아니야. 이야기의 핵심과는 아무런 문제가 없는 거라고. 나는 당신을 만나고 싶은 생각은 눈곱만큼도 없으니까."

아저씨가 목소리가 얼마나 큰지 마침 문 안으로 들

어오던 손님이 도로 나갔다. 아저씨는 왜 화가 나면 반말부터 튀어나오는지 알 수가 없었다. 그건 상대를 아주 기분 나쁘게 하는 나쁜 습관 중의 하나다.

"문제가 됩니다. 어떤 관계인지 알아야 제가 어디까지 말할지 판단이 서거든요."

남자는 차분했고 여전히 깍듯한 존댓말이었다.

"그래? 그렇게 궁금하면 말해주지."

아저씨의 입가로 빈정거림이 흘렀다.

"내가 이민석이고 이민석이 나지."

"예?"

남자는 콧잔등을 찡그렸다.

"하고 싶은 말을 다해도 된다는 뜻이야."

"아, 예. 두 분이 아주 가까운 사이인 거 같습니다. 좋습니다. 제가 오늘 셰프 님을 찾아온 이유는 민주에게서, 아니 나나에게서 들은 이야기가 있어서입니다."

"나나? 아, 그렇군. 나나도 당신이 보냈군."

"나나에게 이민석 씨는 이대로 끝내지 않을 거라고 말씀하셨다고요. 저는 진심으로 이민석 씨를 만나고 싶은데 가능하겠습니까?"

"나한테 말해도 돼. 내가 이민석이고 이민석이 나니까."

아저씨는 어금니를 꼭 깨물고 거칠게 숨을 몰아쉬었다.

"직접 만나고 싶은데요."

"정말 말귀를 못 알아먹는군. 내가 이민석이고 이민

석······."

"알겠습니다. 아무리 말해도 만나게 해줄 거 같지 않군요. 그럼 제 말을 이민석 씨에게 전달해주십시오. 그만둬달라고요. 사람 그만 좀 지치게 해달라고요. 이렇게 해봤자 이제 소용없는 일입니다."

남자는 힘주어 말하고 난 다음 일어났다.

"소용없다는 게 무슨 뜻이지?"

"지영이는 그동안 수없이 자신의 뜻을 이민석 씨에게 전달했습니다. 하지만 이민석 씨는 지영이의 진심을 들으려고 하지 않았지요. 이제 와서 이런다고 달라지는 것은 없다는 뜻입니다. 절대 달라지는 거 없어요."

"절대 달라질 것이 없다는 그 말은 서지영이 한 말인가? 아니면 당신 생각인가?"

아저씨 입가로 살벌한 미소가 번졌다. 가슴이 섬뜩할 정도로 차가운 미소였다.

"서지영 씨의 생각이라고 전해주세요. 서지영 씨는 자유를 원해요."

"자유? 서지영의 자유는 당신이 원하는 거겠지. 일단 서지영을 한 번 만나게 해주면 이민석에게 당신 말을 전해주도록 하지. 서지영더러 여기로 오라고 해."

"셰프 님이 지영 씨를 만나보겠다고요?"

남자 말에 아저씨는 고개를 끄덕였다. 남자는 잠시 무슨 생각을 하는 듯하더니 곧 고개를 저었다.

"서지영 씨는 셰프 님도 믿지 못할 겁니다. 이민석 씨는 이미 그런 수를 많이 썼었지요. 서지영 씨가 만나주지 않을 때마다 말입니다. 하여튼 서지영 씨의 말을 이민석 씨에게 잘 전달해주십시오."

"좋아. 나 혼자만 만날게. 이민석은 근처에 얼씬도 하지 않게 할게."

"이미 그 부분으로는 신뢰가 깨졌습니다."

남자는 크림말랑에는 손도 대지 않고 가버렸다.

"나는 포기하지 않아. 잘 알고 있지?"

아저씨가 남자 뒤통수에 대고 소리쳤다. 남자는 돌아보지 않았다.

남자가 가고 나서 아저씨는 의자에 털썩 앉아 크림말랑 그릇만 하염없이 바라봤다.

"오늘은 문 닫자."

아저씨는 자리를 털고 일어나 방으로 들어가버렸다.

크림말랑 그릇을 들고 주방으로 갈 때 문이 열렸다. 그리 크지 않은 키에 갈색 비옷을 입고 들어온 사람은 비옷 모자가 얼굴의 반을 가리고 있었다. 운동화로 봐서 남자인 거 같았다. 비에 흠뻑 젖은 운동화에서 빗물이 줄줄 흐르고 있었다.

"오늘은 식당 문을 닫았어요."

저 차림으로 식당 안으로 들어오면 바닥에 물이 흥건하게 고일 테고 그럼 청소를 해야 할 거 같은 생각에 얼굴을 찡그렸다. 이런 날씨에 청소를 한다는 것은 귀찮고 번거로운 일이다.

남자가 비옷 모자를 벗었다. 나는 얼굴을 보는 순간

하마터면 수찬아! 이러고 부를 뻔했다. 수찬이가 나타나다니.

"크림말랑을 사러 왔는데……요."

수찬이는 나에게 반말을 해야 하나 존댓말을 해야 하나 헷갈리는 눈치였다.

"포장 되나……요?"

나는 들고 있는 크림말랑을 바라봤다. 남자가 손도 대지 않았다. 이걸 줘도 상관없을 거 같았다.

"잠깐 기다려."

나는 주방으로 들어가 크림말랑을 담을 마땅한 그릇을 찾았다. 그릇을 찾는 손이 자꾸 어긋났다. 손끝에서 그릇이 미끄러지기도 했다. 수찬이를 만나다니, 상상도 못했던 일이다. 망가진 스쿠터 값은 받았을까? 스쿠터를 제대로 지키지 못했다고 자기 아빠한테 두들겨 맞지는 않았을까, 여러 가지 생각이 한꺼번에 머릿속에 떠올랐다.

"우리 엄마가 먹어봤는데 진짜 맛있다고 해서…… 온몸이 싹 풀린다고, 먹고 싶다고 해서……요."

수찬이 목소리가 뒤통수에 부딪혀 내렸다.

"나도 열다섯 살이야. 그냥 반말 해."

나는 뒤돌아보지 않고 말했다. 수찬이는 별말이 없었다.

"오늘은 학교 안 갔나?"

지금 이 시간은 학교에 있어야 할 시간이다.

"오늘 토요일이야."

수찬이가 나지막하게 말했다.

"그렇구나. 나는 토요일이든 뭐든 상관없어. 학교에 안 다니거든."

자꾸 무슨 말이라도 해야 할 거 같았다. 왜 그런 생각이 드는지 잘 모르겠지만.

"으응."

"한 달 전까지는 다녔었는데 지금은 안 다녀. 개인 사정으로. 찾았다!"

나는 크림말랑을 담을 적당한 크기의 밀폐 용기를 찾아냈다.

"그렇구나."

"무슨 개인 사정인지 궁금하지 않아?"

"글쎄……."

수찬이는 말끝을 흐렸다.

"어디 아파?"

잠시 후 수찬이가 물었다. 조심스러운 말투였다. 내 얼굴을 보니 학교에 다니지 않는 개인 사정이 몸이 아파서일 거라고 생각한 모양이었다.

"그건 아니야. 사고가 있었기 때문이지. 사고."

나는 크림말랑을 밀폐 용기에 담아 수찬이에게 내밀었다. 수찬이는 비옷 모자를 쓴 다음 크림말랑을 받아 들고 비옷 주머니를 뒤적여 돈을 꺼냈다. 수찬이 몸에서 빗물이 후드득 떨어졌다.

"됐어. 돈 안 받을게. 그냥 가져가."

"왜?"

"어차피 오늘 장사 안 할 거거든. 그거 먹을 사람도 없어."

"그래도……."

수찬이는 돈을 든 손을 쉽게 내리지 못했다.

"그냥 가져가도 돼."

"미안한데……."

"미안할 거 없어. 아니다, 정 미안하면 박살난 스쿠터 값의 일부라고 생각해."

나는 말을 하다 아차 싶었다. 나도 모르게 나온 말이었다. 수찬이 눈이 동그래졌다. 나는 이 사태를 어떻게 정리해야 할지 머리를 재빨리 굴렸다.

"우리 가게 스쿠터가 망가진 거 알아? 그런데 왜 네가 스쿠터 값을 내?"

마땅한 핑곗거리를 찾아내기도 전에 수찬이가 물었다.

"응? 아하…… 어떻게 알았냐면, 어떻게 알았냐면…… 도수 형, 도수 형한테 들었지. 도수 형이 우리 식당에서 알바 했거든. 너 도수 형 알지?"

"도수 형? 으응, 알아. 도영이 형. 그 형이 여기서 알바 했어?"

"응. 연락도 없이 지금은 안 오고 있는데 며칠 알바 했어. 도수 형이 그랬거든. 동생이 치킨 집 스쿠터를 망가지게 했다고. 그래서 그러는 거지. 알바를 열심히 해 줘서 고마웠던 참이거든. 내가 대신 스쿠터 값을 조금 내준다고 해도 아깝지 않아."

"그러지 않아도 되는데."

수찬이는 들릴 듯 말 듯 말했다.

"도수 형이 알바를 열심히 했구나. 하긴 돈이 필요하긴 할 거야. 그것도 아주 많이."

"도수 형 집에 무슨 일 있니?"

나는 놀라서 물었다. 돈이야 항상 필요했다. 하지만 지금 수찬이가 하는 말은 그런 말이 아닌 거 같았다.

"도수 형 할머니가 많이 아파."

"할머니가?"

그렇다면 백발 할머니가 거짓말 한 게 아니었다는 말이다. 연기가 아니라 사실이었다는 말이다.

"자세히 좀 말해봐."

나는 수찬이 두 팔을 움켜잡았다. 수찬이가 놀라서 주춤거리며 두어 발 물러섰다. 수찬이는 의아하고 어리둥절한 표정으로 바라봤다.

"아니 내 말은 우리 식당에서 알바 하는 형의 일이니까 나도 알아야 할 거 같아서 그러는 거야. 그래야 도울 일이 있으면 돕는 거거든."

나는 내 말에 그다지 큰 의미는 두지 말라는 뜻으로 대수롭지 않은 듯 말했다. 잠깐 망설이던 수찬이가 입을 열었다.

"이런 말을 남에게 해도 되는지 잘 모르겠어. 하긴 도수 형이 알바 하던 식당이고 또 도수 형이 알바 그만둔다는 말도 없이 안 오고 있다니까 이런 말을 해주는 게 더 나을 수도 있겠네. 도수 형은 병원에서 할머니를 돌보느라고 알바 못 오고 있을 거야. 할머니가 많이 아파."

수찬이가 말을 하다 끊고 입술에 침을 발랐다.

"사실은, 사실은 있지."

비웃 모자 사이로 드러나는 수찬이 얼굴이 구겨졌다.

"너도 알고 있는지 모르겠지만, 스쿠터가 망가진 것도 알고 있으니까 그 일도 당연히 알고 있겠다. 얼마 전에 도영이가 사고로, 그만…… 스쿠터를 타다가 그랬어…… 말려야 했는데……."

수찬이가 울먹이며 말끝을 흐렸다. 그러더니 갑자기 뺨으로 눈물이 주르륵 흘러내렸다. 수찬이 입에서 흐흐흑, 하며 울음소리가 터져 나왔다. 너무도 갑작스럽게 일어난 일이라 당황스러웠다. 한번 터진 울음은 좀처럼 멈추지 않았다.

나는 그만 울라는 말을 할 수 없었다. 위로할 수도 없었다. 늘 그랬던 거처럼 가만히 수찬이를 지켜봤다. 우는 수찬이 모습에 뭉클하고 가슴이 저릿했다.

수찬이는 한참 동안 울고 나서야 가까스로 마음을 다잡고 다시 입을 열었다.

"도영이가 사고로 죽던 날, 할머니가 쓰러지셨어. 병원에서 도영이 시신을 확인하고 울다가 쓰러지신 거지. 그 뒤로 건강이 안 좋아서. 우리 엄마가 병문안을 가봤는데 정신만 들면 흐느끼신대. 도영아, 도영아, 이러면서."

수찬이가 '도영아' 이 말을 하며 또 훌쩍거렸다.

"할머니가 정신을 잃을 정도로 슬퍼하셨다고?"

나는 수찬이 말을 다시 확인했다. 믿을 수 없었다.

수찬이는 고개를 끄덕였다. 그럴 리가. 그럴 리가 없다.

할머니는 나만 보면 눈앞에서 사라지라는 말과 차라리 태어나지 말았더라면! 이 말을 입에 달고 살았다. 할머니가 나를 바라보는 눈에는 항상 미움이 가득 차 있었다. 내가 죽었을 때 할머니가 속 시원하게 생각했으리라고 믿었었다. 혼란스러웠다. 그렇다고 해서 수찬이가 거짓말을 할 리는 없다.

"우리 엄마가 그러는데 도영이 할머니가 수시로 정신 줄을 놓으신대. 나도 도영이가 보고 싶은데 할머니는 오죽하시겠니. 도영이가 스쿠터를 탈 때 말릴 걸 그랬어. 말리지 못했던 게 후회 돼. 정말 후회 돼."

수찬이 뺨으로 또 눈물이 흘러내렸다. 수찬이 너, 완전 수도꼭지였구나. 자기 아빠에게 맞으면서도 절대 울지 않아서 울지 않는 놈인 줄 알았는데.

"엄마한테 공짜로 받았다고 전할게. 고마워."

수찬이는 크림말랑을 담은 통을 비옷 사이에 넣고 껴안으며 비옷 모자를 더 밑으로 내려썼다. 고맙기는 무슨, 이쯤이야, 다음에 또 오면 그때도 공짜로 줄게, 우리 자주 보자, 무슨 말이든 해야 하는데 아무 말도 나오지 않았다. 내가 스쿠터를 타는 걸 말리지 못했다며 자책하는 수찬이 마음이 내 마음으로 고스란히 전해졌다. 나도 울고 싶었다.

"아 참, 사실 스쿠터는 많이 부서지지 않았어. 도영이가 스쿠터를 껴안듯 하고 있었대. 꼭 스쿠터를 보호하는 거처럼 말이야. 도영이는 사고를 당하면서도 스쿠터가 부서지면 내가 아빠한테 맞을까 봐 걱정을 했던 거 같아. 분명 그랬을 거야. 그러지 않아도 되었는데. 그깟 스쿠터는 다시 사면 되는 건데. 나는 도영이가 스쿠터보다 더 소중했는데."

수찬이는 혼잣말처럼 중얼거렸다. 하지만 내 귀에 쏟아져 내리는 수찬이의 목소리는 다른 어느 목소리보다도 컸다. '도영이가 스쿠터보다 더 소중했는데.' 누구에게도 이런 고백을 들어본 적 없었다. 아니 그런 말을 듣는 상상조차 해본 적 없었다.

수찬이의 고백은 거대한 공룡 앞다리로 머리를 한 대 얻어맞은 듯한 충격이었다. 가슴에서는 심장이 떨어지는지 쿵! 소리도 들렸다. 알지 못하는 어떤 힘이 나를 집어삼키는 느낌을 받았다. 그 느낌은 낯설기도 했지만 삽시간에 몸을 뜨겁게 만들었다.

"흑."

나도 모르게 울음이 터져 나왔다. 지금은 내가 울 상황도 분위기도 아니다. 그런 걸 알면서도 울음은 걷잡을 수 없었다. 나는 두 손으로 얼굴을 가렸다. 갑작스러운 내 행동에 수찬이가 당황했다.

"미안해."

수찬이는 이유도 모른 채 미안하다는 말을 반복했다.

"아니야. 너 때문에 그런 게 아니야. 다른 생각이 나서 그런 거야."

나는 눈물을 닦았다. 수찬이도 뺨에 얼룩져 있는 눈물을 훔쳤다.

"그럼 갈게. 아 참, 도수 형한테 직접 가보려면 한라병원으로 가면 돼. 할머니가 그 병원에 입원해 계시거든."

수찬이는 빗속으로 달려갔다. 나는 수찬이 모습이 보이지 않을 때까지 지켜봤다.

수찬이랑 친하게 지내볼걸. 같이 학교에도 가고 같이 놀고. 수찬이가 배달할 때 따라다니기도 하고, 수찬이가 맞을 때 말려주기도 하면서. 그렇게 친하게 지내볼걸. 그랬다면 수찬이와 나는 진짜 좋은 친구가 될 수 있었을 거다. 그러지 못한 게 후회가 되었다. 나는 해봤자 소용없는 일들을 한참 동안 생각했다.

'내가 죽은 거, 수찬이 때문이 아니라는 거를 말해줘야 하는데.'

사십구일이 다 가기 전에 기회가 되면 그래야 할 거 같았다. 그러지 않으면 수찬이는 평생 자책하며 살 거 같았다. 그래서는 안 된다. 수찬이 탓이 아니니까.

아저씨가 기다리던
그 사람

동그라미가 서른일곱 개가 그려지는 날까지 아무 일도 일어나지 않았다. 파도 하나 일지 않는 바다처럼 잔잔한 일상이었다. 그 일상에서도 아저씨의 초조한 기다림은 이어졌다. 아저씨는 시간이 날 때마다 형에게 계속 전화를 했다. 하지만 형은 여전히 전화를 받지 않았다.

수찬이가 다녀가고 난 뒤에 할머니가 궁금했다. 처음에는 콩알보다 작고 형체도 흐릿했던 궁금증은 시간이 지나면서 크고 또렷해지며 내 생각 중간에 자리를 잡았다. 그리고 화살이 꽂힌 거처럼 움직이지 않았다. 할머니에 대해 궁금하다고 해서 할머니에 대한 미움이 풀어진 거는 아니었다. 여전히 미웠고 변함없이 원망스러웠다. 그래도 궁금한 거는 어쩔 수 없었다. 얼마나 아픈 걸까? 조금 나아지고는 있는 걸까? 정말 정신을 잃을 만큼 나를 소중하게 생각했던 걸까?

'내가 왜 이러지?'

나는 할머니 생각을 털어내자고 마음먹었다. 나를 지독하게 미워했던 할머니다.

창밖을 내다봤다. 지금쯤 수찬이는 학교에서 돌아왔겠지. 아니야, 아직 골목에서 담배를 피울 시간인가? 나는 시계를 바라보며 입술을 꼭꼭 깨물었다.

'전화해볼까?'

수찬이 목소리가 듣고 싶었다. 그리고 수찬이에게 꼭 해야 할 말도 있었다. 스쿠터 사고는 수찬이 탓이 아니라는 거.

수찬이 전화번호는 물론 모른다. 하지만 손님에게 휴대폰을 빌려 당만동 꼬꼬닭 치킨 집을 검색하면 수찬이네 가게 전화번호를 알 수 있다. 나는 망설이다 손님에게 휴대폰을 빌렸다.

─안녕하세요, 꼬꼬닭 치킨입니다. 잠시만 기다리시면 곧 연결해드리겠습니다. 띠리리리 띠리리리리 파다다닥.

"예, 치킨 집입니다."

우렁찬 남자 목소리가 들렸다. 낯익은 목소리였다. 수찬이에게 고래고래 소리를 치며 욕하던 그 목소리. 아빠 목소리 다음으로 내가 치를 떨며 싫어했던 목소리. 수찬이 아빠였다.

"수찬이 좀 바……."

나는 수찬이를 바꿔달라고 하려다 말을 멈췄다. 수찬이를 왜 바꿔달라고 하느냐, 너는 누구냐, 이런 질문을 하면 뭐라고 대답할까. 친구라고 대답해야 하나. 친구 누구냐고 물으면? 친구면 휴대폰으로 하지 왜 가게로 전화했느냐고 물으면? 대충 얼버무리다 수찬이 아빠가 이상하다고 생각하면 큰일이다. 그 불똥이 수찬이에게 튈 수 있다. 나는 마음을 바꿔먹었다.

"지하철역 부근인데 배달 되지요?"

"당연히 되지요. 위치를 말씀해주세요."

"여기 구미호 식당이라고 하는데요."

"구미호 식당? 그렇게 말씀하시면 찾기 힘들고 주소를 말씀해주시든지 위치를 정확하게 말씀해주세요. 신속하게 배달해드리겠습니다."

손님에게는 기막히게 친절했다. 수찬이를 두들겨 패며 소리치던 목소리와는 백팔십도 달랐다.

"강두역 5번 출구에서 아리랑 커피 전문점 골목 쪽으로 직진 오십 미터 정도 오면 구미호 식당이라고 있어요. 마늘치킨 두 마리 가져다주세요."

수찬이 아빠는 사십 분 뒤에 도착할 거라고 말하며 전화를 끊었다.

이제 곧 수찬이가 배달 올 거다. 수찬이를 다시 볼 생각을 하자 가슴이 두근거렸다.

ㅡ왕도영이 죽은 거는 지 팔자지 네 탓이 아니야.

이렇게 말할까. 아니지, 팔자타령은 늘 할머니가 하

던 말이다. 그런 고리타분한 말을 쓰면 진심이 느껴지지 않을 수 있다.

─왕도영은 스쿠터 타는 걸 제일 좋아했어. 거리를 달리면서 자유를 느꼈지. 그러니까 괜찮아.

왕도영이 스쿠터 타는 걸 제일 좋아했는지 어쨌는지 어떻게 아느냐고 물으면? 아, 어렵다.

'왕도영도 스쿠터 탈 때 가장 좋았을 거야. 나도 그렇거든. 나뿐 아니라 스쿠터를 즐겨 타는 대부분의 중학생들은 다 그럴 거야. 그러니까 네가 미안해할 일이 아니야. 왕도영은 도리어 너한테 고맙다고 생각하고 있을 테니까.'

나는 그럴듯하게 말을 만들어 연습했다.

식당 밖에서 스쿠터 소리가 들렸을 때 바람처럼 달려나갔다. 그런데 배달 온 사람은 수찬이가 아니었다. 머리끝까지 치솟았던 기대가 한순간 물거품처럼 꺼졌다.

"어?"

나는 헬멧 사이로 보이는 배달원의 얼굴을 보고 깜짝 놀랐다. 그 여자였다. 산만하고 어수선한 파마머리의 그 여자. 구미호 식당의 첫 손님.

"여기서도 치킨을 시켜 먹는구나. 치킨 좋아하니?"

낯익은 얼굴인데 영 생각이 나지 않더니 이제야 누군지 알겠다. 수찬이 엄마였다. 수찬이 엄마는 항상 긴 생머리를 질끈 묶고 있었다. 단 한 번도 다른 머리를 한 적이 없었다. 거기에다 평소보다 살이 더 많이 빠져 있었다. 그래서 못 알아봤던 거다.

"예, 치킨 좋아해요."

치킨을 좋아하기는 무슨. 좋아한다, 싫어한다, 이런 말을 할 처지도 못 된다. 할머니 말을 빌리자면 고기도 먹어본 놈이 먹는다고 언제 치킨을 시켜 먹어봤어야 맛을 알아 좋아한다, 싫어한다, 말을 하지. 치킨이라고는 학교 급식 반찬으로 먹어본 것이 전부다.

"그러니? 좋아하면 많이 먹어. 너도 그렇고 이 식당 사장님도 그렇고 뭐든 많이 먹어야 하겠더라. 너무 일만 열심히 하지 말고 말이다. 돈만 보고 일하다 병 들면 병든 사람만 억울한 거다. 치킨 값은 그냥 뒤. 나도 공짜로 많이 얻어먹었는데 뭘."

수찬이 엄마는 따끈따끈한 치킨을 내 품에 안겨주었다.

"아니에요. 돈 드릴게요. 돈 많아요."

"호호호. 돈 많은 거 알아. 장사가 잘되니 당연히 돈 많겠지."

수찬이 엄마가 고개를 젖히고 웃었다.

"성의야, 성의. 다른 사람 성의를 무시하면 못써. 알았지? 맛있게 먹어라."

수찬이 엄마가 돌아서려고 했다.

"수찬이는요? 원래 수찬이가 배달하는 거 아니었어요?"

재빨리 수찬이 엄마를 잡았다.

"우리 수찬이를 알아?"

"예? 예에, 전에 크림말랑을 사러 왔을 때 봤어요. 그리고 도수 형이 우리 식당에서 알바를 해서 수찬이에 대해 들은 적도 있었고요. 수찬이가 도수 형 동생 친구였다고요. 배달은 주로 수찬이가 한다는 말은 수찬이한테 들었고요."

"그랬구나. 그날도 참 고마웠다. 내가 아주 많이 아팠는데 크림말랑을 먹고 좋아졌어. 음식을 잘 먹으면 약보다 낫다는 말이 맞는 말인가 봐. 크림말랑이 내 체질에 잘 맞는 거 같아. 꼭 약을 먹은 거처럼 몸이 개운해진다니까. 정말 신통하지. 대체 그런 음식을 어떻게 만드는지. 만드는 방법을 알면 집에서도 만들어볼 텐데 그건 영업 비밀이겠지? 하여튼 대단한 음식이야."

수찬이 엄마는 내 말에는 대답할 생각도 없이 크림말랑 예찬을 이어갔다.

"수찬이가 왜 배달 오지 않았어요?"

나는 다시 물었다.

"아 참 그걸 물었었지. 이제 되도록 수찬이한테 배달시키지 않으려고. 스쿠터 이거 되게 위험하거든. 그 위험한 일을 수찬이가 했었어. 내가 몸이 안 좋거든. 어서 몸이 좋아져야 내가 완전하게 배달을 맡게 될 텐데 걱정이다. 사람을 쓸 정도로 장사가 잘되는 것도 아니고. 그럼 맛있게 먹어라."

수찬이 엄마가 스쿠터에 올라탔다.

"그럼 앞으로 치킨 시켜도 수찬이는 오지 않는 건가요?"

"아니야. 내가 병원 가는 날에는 수찬이가 배달할 거

야. 내가 병원에 정기적으로 가기도 하고 몸이 영 안 좋아지면 가기도 해. 그런 날은 어쩔 수 없이 수찬이에게 배달을 맡겨야지. 우리 수찬이와 친하게 지내고 싶은가 본데 구미호 식당에서 주문이 들어오면 수찬이를 보내마."

병원이라는 말을 들으니 할머니가 생각났다.

"한 가지 물어봐도 돼요?"

"물어보렴."

"도수 형 할머니는 어디가 얼마나 아픈 거예요? 도수 형이 언제쯤 알바를 다시 올 수 있나 궁금해서요. 수찬이 말로는 할머니가 아파서 도수 형이 알바를 못 오는 거라고 했거든요."

"그게 말이다. 수찬이 친구 도영이라고 있었는데, 휴, 사고가 있었지……. 도수 동생 도영이가 우리 수찬이와 같은 학년이었지."

'있었는데'라는 말이 유독 크게 들렸다. '있었는데'는 과거를 말한다. 나는 이제 과거에 있었던 아이가 된 거다. 현재에서는 사라진 아이. '있었는데' 한마디는 나에게 엄청난 충격을 주었다. 몸을 지탱하고 있던 기둥 같은 것이 흔들리며 몸이 땅으로 가라앉는 듯한 느낌이었다.

"그런데 도영이가 하필이면 우리 스쿠터를 훔쳐 타다 사고를 당했지. 도수 할머니는 도영이 죽음에 충격을 받고 쓰러지셨어."

수찬이 엄마 얼굴이 어두워졌다.

"그 말은 수찬이한테 들어서 알고 있어요. 많이 아프신가요?"

나는 마음을 겨우 다잡으며 말했다.

"마음의 병이 점점 더 깊어지시는지 영 일어나지를 못하시네. 손자를 그렇게 보냈으니 그 마음이 오죽하시겠니. 엊그제는 수술도 받으셨지. 쓰러지면서 뇌혈관에 문제가 생긴 모양이야. 에휴, 어떻게 그런 일이 생겼는지. 그 일 때문에 수찬이도 많이 괴로워하고 있단다. 도영이가 사고를 당하면서 스쿠터를 껴안다시피 했다고 하더라. 스쿠터를 보호하려고 했나 봐. 경찰이 그러는데 스쿠터가 박살이 나게 그냥 두고 몸을 웅크렸더라면 죽지는 않았을 수도 있었다고 하더라. 이깟 스쿠터가 뭐라고. 어찌 되었든 나도 자주 들여다보려고 노력하는데 바빠서 그러지도 못하지. 아마 도수는 할머니 수술 때문에 알바를 못 올 거야. 수술이 잘되었으려나 모르겠다. 연세가 있으셔서 어려운 수술을 견딜 수 없다는 말을 들었는데. 그럼 간다."

―부르웅 부웅.

수찬이 엄마가 스쿠터 페달을 밟았다.

"그런데요."

이번에는 갑자기 스쿠터 값이 떠올랐다.

"부서진 스쿠터 값을 도영이 할머니가 물어줬나요?"

"도영이가 그렇게 되었는데 스쿠터 값은 무슨. 스쿠터 그게 뭐라고. 사람이 더 소중한 거지."

수찬이 엄마도 내가 더 소중하다고 했다.

그때 수찬이 엄마 휴대폰이 울렸다.

"알았어요, 알았어. 금방 가요."

수찬이 아빠인 모양이었다.

"배달이 밀려서 빨리 가야겠다. 또 보자."

수찬이 엄마는 스쿠터 페달을 힘차게 밟았다. 나는 수찬이 엄마가 보이지 않을 때까지 서 있었다. 구미호 식당에 손님으로 왔던 일을 제하고 몇 년 동안 같은 동네에 살면서도 수찬이 엄마와 얼굴을 마주 보고 이야기를 나눈 것은 처음이었다.

"치킨 시켰었니? 나한테 해달라고 하지. 냉동실에 닭이 엄청 많거든. 다 못 먹고 가야 할 거 같다. 이제 며칠밖에 남지 않았잖아."

치킨 상자를 들고 식당 안으로 들어가자 주방에서 내다보던 아저씨가 말했다.

"살았을 때 먹어본 치킨인데 갑자기 먹고 싶어져서요."

나는 거짓말을 했다.

"그래. 좋아하던 음식은 항상 그립지. 고향을 떠난 사람이 고향에서 먹던 음식을 보면 갑자기 고향을 그리워한다는 말이 있잖니. 그래. 그 사람도 언젠가는 그리워서 찾아오겠지."

아저씨가 중얼거렸다. 서지영을 말하는 거다.

오후 네 시가 되자 손님들이 모두 돌아간 식당은 한가해졌다.

"아저씨. 저번에 밖에 나갔을 때요."

나는 의자에 앉아 있는 아저씨 옆으로 다가갔다.

"얼마나 고통스러웠어요?"

"그건 왜?"

"그냥요…… 그냥 궁금해서요."

"궁금해하지 마라. 설마 나가고 싶어서 그런 거라면 아예 그런 생각은 하지 않는 게 좋을 거야."

아저씨가 고개를 세차게 저었다.

"어느 정도였는데요?"

"글쎄다, 어디다 비유하면 그 고통에 가깝게 말할 수 있을까?"

아저씨는 천장을 바라봤다.

"음, 이런 비유를 들면 약간은 비슷하기도 하겠다. 마취를 하지 않고 수술을 하는 고통, 수술용 메스로 살갗을 자를 때 느낄 수 있는 그런 고통이라고 하면 짐작이 가니? 아마 그 고통 정도는 될 거 같다."

아저씨는 그날의 고통이 생각나는 듯 얼굴을 찡그렸다. 마취 없는 큰 수술. 수술용 메스로 살갗을 자르는 고통. 온전한 정신으로 그 고통을 느껴야 한다는 거, 생각만 해도 끔찍하긴 했지만 경험이 없어서인지 어느 정도 고통인지 가늠할 수가 없었다.

"참을 수 있을 정도였다면 나는 이미 내가 찾는 사람을 찾아 열두 번도 더 찾아 나섰을 거다."

아저씨가 한마디 더했다.

"그런데 이벤트 글에 직접 찾아 나설 수도 있다는 말은 왜 쓰셨어요? 지금 말씀하시는 거로 봐서는 밖에 나갈 생각이 전혀 없는 거 같은데요."

"음, 그래야 그 사람이 찾아오거든. 내가 꼭 찾아낼 거라는 걸 알고 있으니까. 물론 죽기 전의 나를 말하는 거야. 그런데 갑자기 고통에 대해 왜 묻니?"

"궁금해서라고 했잖아요."

솔직히 말하면 밖에 나가고 싶다. 수찬이를 만나고 싶다. 수찬이와 길거리를 돌아다니며 키득거리고 싶다. 수찬이는 하루 중 무슨 생각을 가장 많이 하는지도 알고 싶었다. 그리고 수찬이에게 내 얘기도 해주고 싶었다. 무슨 얘기를 하든 수찬이가 잘 들어줄 거 같았다. 왜 이제야 이럴까. 살았을 때, 그 많던 시간들은 다 흘려보내고 말이다. 또…… 할머니에게 한 번 가보고 싶기도 했다.

한 시간 정도 더 쉬고 났을 때 저녁 손님들이 들기 시작했다. 아저씨는 음식을 하면서도 여전히 식당을 내다봤다. 아저씨의 기다림이 계속되어도 서지영이라는 사람은 절대 오지 않을 거다. 나나의 행동이나 아저씨를 찾아왔던 남자의 행동을 보면 알 수 있다. 제삼자인 내가 봐도 불을 보듯 빤한 일이다. 어쩌면 아저씨도 그걸 알고 있을지 모른다. 시원하게 그 사실을 인정하면 좋을 텐데. 그러면 더는 장사를 하지 않아도 될 텐데. 그러는 편이 남은 시간을 더 알차게 보내는 것일 수 있다. 이제 아저씨와 나에게는 시간이 얼마 남지 않았다. 고작 열흘 정도 남았을 뿐이다. 그 시간을 장사하면서 그저 보내기 아까웠다. 내가 시간이 아깝다고 생각한 것은 처음이었다.

크림말랑 주문을 받고 주방에 있는 아저씨에게 전달하고 돌아설 때였다. 긴 머리를 양쪽으로 땋아내리고 흰 원피스를 입은 여자가 문 안으로 조심스럽게 들어왔다. 여자는 식당 안을 천천히 돌아봤다. 여자의 표정은 어쩐지 불안해 보였다.

"저쪽으로 앉으세요."

나는 빈 탁자를 가리켰다. 여자는 천천히 그 자리에 앉았다.

"뭘 주문하실 건가요?"

나는 여자 얼굴을 살피며 물었다. 여자의 큰 눈은 겁을 집어먹은 듯했다. 여자는 자꾸만 입술을 깨물었다. 그러더니 가방에서 물티슈를 꺼내 손을 닦았다. 손가락 사이사이 아주 꼼꼼히 닦았다.

"음식은 됐고요…… 여기 셰프 님을 만나러 왔는데요."

여자는 물티슈 각을 탁자 위에 올려놓으며 말했다. 나는 그 말을 듣는 순간 이 여자가 서지영이라는 사람일지 모른다는 생각이 퍼뜩 들었다.

주방에 있는 아저씨에게 여자의 말을 전하는 순간 아저씨가 재빨리 여자 쪽을 바라봤다. 여자를 본 아저씨는 바람처럼 빠르게 그곳으로 달려갔다.

"셰프 님이세요?"

여자가 자리에서 일어났다. 여자를 바라보는 아저씨의 눈빛은 뭐라 표현할 수 없을 정도로 복잡했다. 반가움이 들어 있기도 했고 원망이 가득 차 보이기도 했다.

"처음 뵙겠습니다. 저는 서지영이라고 합니다. 오늘 처음 뵙는 거 같은데 셰프 님은 저를 본 적이 있으신가요?"

"물론이지요."

아저씨는 서지영 얼굴에서 눈을 떼지 않고 대답했다.

"그러시군요. 그런데 저는 뵌 적이 없는 거 같아요. 그건 그렇고 오늘 제가 찾아온 거는…… 아무래도 다른 사람을 보내는 거보다는 제가 직접 와서 직접 말씀드려야 할 거 같아서요. 이민석 씨를 알고 계시죠?"

서지영은 아저씨의 눈길이 부담스러운 듯 얼굴을 손바닥으로 문질렀다.

"예."

아저씨가 짧게 대답했다. 서지영과 아저씨 사이의 일 미터 간격에 말로 표현할 수 없는 야릇한 기류가 흘렀다.

그때였다.

"여기 오이피클 좀 더 주세요."

문 쪽 자리에 앉아 있던 손님이 손을 들고 말했다. 오이피클을 가져다주자 이번에는 뜨거운 물 좀 가져다 달라고 했다. 뜨거운 물을 가져다주자 다른 탁자에 앉은 손님이 절인 양파를 찾았다. 절인 양파를 한 접시 담아 가져다주었을 때 서지영이 자리에서 일어났다.

서지영은 빠르게 문 쪽을 향해 걸었다. 흰 원피스가 잠자리 날개처럼 하늘거렸다. 정신을 잃은 듯 서지영이 앉았던 맞은편 자리에 멍하니 앉아 있던 아저씨가 벌떡 일어나 서지영을 따라갔다.

"그럼 이민석 씨에게 제 말을 전해주세요."

문 앞에서 서지영이 말했다.

"조금 전에 했던 말, 그 말이 정말인가?"

아저씨가 빠르게 물었다. 서지영이 눈을 동그랗게 뜨고 아저씨를 바라봤다. 갑작스럽게 변한 말투에 놀란 모양이었다.

"예, 정말입니다."

"말도 안 돼."

아저씨가 소리를 빽 질렀다. 서지영이 놀라서 주춤 거리며 두어 걸음 물러섰다.

"내가 바로 이민석이야. 내가 이민석이라고. 그 말을 믿으라고? 나는 절대 못 믿어. 못 믿는다고."

아저씨는 두 주먹을 불끈 쥐더니 마치 성난 고릴라 처럼 자신의 가슴을 마구 두드렸다. 나는 당황해서 아 저씨 옆으로 다가가 손을 잡았다. 아저씨는 내 손을 뿌리쳤다. 그 힘이 엄청났다.

"내가 이민석이라고."

아저씨가 다시 한번 소리쳤다.

"아저씨, 소용없어요."

나는 아저씨를 말렸다. 얼굴이 다른 사람인데 그걸 믿을 리가 없었다. 서지영은 잠깐 아저씨를 바라보더니 뒤돌아섰다. 그리고 총총걸음으로 가버렸다.

"으아아아아악."

아저씨가 두 손으로 양쪽 귀를 틀어막고 고함을 질 러댔다. 거대한 동물이 울부짖는 소리 같았다. 아저씨의 눈이 무섭게 빛났다. 대체 서지영이 아저씨에게 무슨 말을 했기에 저토록 흥분하고 화를 내는 걸까.

일주일 전에 죽는다는 걸
알게 된다면

더 이상 장사는 하지 않기로 했다. 이제 그럴 의미가 없었다. 아저씨는 온종일 창밖만 바라봤다. 아저씨와 나에게 남은 시간은 팔일이었다. 팔일 후면 영영 떠나야 한다.

처음 서호를 만났을 때만 해도 굳이 사십구일 동안 세상에 더 머물 필요를 느끼지 못했다. 그건 답답하게 살아온 내 생활의 연장이라고 여겼다. 나는 왕도영으로 태어나는 그 순간부터 내 삶을 사랑해본 적이 없었다. 단 하루도 설레는 마음으로 다음 날을 기다려본 적이 없었다. 왕도영으로 사는 게 늘 벅차고 힘들었다. 그래서 어느 순간 내게 주어진 모든 것을 놓아버렸다. 내가 왕도영인 것도 다 잊고 살기로 했다. 해가 뜨면 기계처럼 해야 할 일을 했다. 생각은 되도록 하지 않았다. 그 뒤부터는 그런대로 견딜 만했다. 죽는 날까지 그냥 그렇게 살겠다고 마음먹었었다. 그러다 보니 내가 죽었다는 것을 알았을 때도 별 충격을 받지 않았다. 올날이 조금 일찍 찾아온 거라고 담담히 받아들였다. 한편으로는 지긋지긋한 내 생활에 마침표를 찍었다는 것이 고맙게 여겨지기도 했다. 아마 아저씨가 아니었다면 나는 서호의 제안을 거절했을 거다.

이제 팔 일을 남겨놓고 마음이 흔들리고 있다. 팔 일밖에 남지 않은 시간이 내 몸을 조여왔다. 숨도 막혔다. 시간이 가는 게 아까웠다.

"지하철을 타고 다섯 정거장 가면 내가 근무하던 호텔이지."

한참 동안 팔짱을 끼고 창밖을 내다보던 아저씨가 팔짱을 풀며 말했다.

"어느 호텔인데요?"

딱히 궁금하지는 않았지만 질문을 해야 할 거 같아 물었다.

"강이 내려다보이는 곳에 위치하고 있어."

아하! 그 호텔! 지하철을 타고 가다 본 적 있다. 기와를 얹은 지붕과 화려한 봉황 문양의 벽이 꽤나 고급스럽게 보였었다. 언젠가 할머니와 함께(할머니와는 같이 다니는 일이 없는데 그날은 무슨 일이 있었는지 모르겠다) 지하철을 타고 가는데 호텔을 본 할머니가 그랬었다.

"내가 아는 사람이 저 호텔에서 칠순 잔치를 했지. 그 노인네 팔자가 좋아 자식을 아주 잘 두었거든. 나는 죽을 때까지 저런 호텔에서 생일잔치 하는 것은 고사하고 호텔 앞에 가보는 일도 없겠지. 이놈의 팔자."

할머니는 '이놈의 팔자'라는 말을 하며 꼬질꼬질한 손수건으로 연신 코밑을 닦았었다. 그럼요, 저렇듯 있어 보이는 호텔에 할머니 같은 사람이 갈 일이 뭐 있겠어요. 나는 할머니의 검고 주름진 얼굴과 코밑에 번진 버짐을 보며 그런 생각을 했었다.

"저기에는 밥 한 그릇에 얼마 할까?"

한참 코밑을 문지르고 난 할머니가 물었었다.

"몰라요."

"죽기 전에 저런 곳에서 밥이나 한 그릇 먹어봤으면 좋겠다."

할머니는 애잔한 눈으로 호텔을 보며 말했었다. 나는 속으로 콧방귀를 뀌었었다. 그 꿈은 실현 가능성 제로에 가까웠으니까.

"그 호텔에서 뭘 했는데요?"

"뭘 하긴, 셰프였지. 이태리 음식을 만들었지."

그럼 여태 아저씨가 만들어 팔았던 음식이 그 호텔 음식의 레벨이었다는 말이다. 내가 그동안 호텔 음식을 만들던 셰프가 만들어준 음식을 먹었다니 믿을 수가 없다. 할머니가 이 일을 알면 뭐라고 할까. 왕도영네 팔자에 그런 음식도 다 먹어보고 아주 호강을 하는구나, 이러겠지.

"그 호텔에서 지영이를 처음 만났지. 원래 간호사였던 지영이는 간호사를 때려치우고 요리 공부를 하고 우리 호텔 수습요리사로 왔었어. 나중에 예쁜 레스토랑을 내고 맛있는 요리를 만들어내는 게 지영이의 꿈이라고 했지. 나는 지영이를 처음 보는 순간 숨이 멎을 듯한 충격을 받았어. 첫눈에 반한다는 것이 어떤 말인지 그때 알았어."

아저씨는 다시 팔짱을 끼고 창밖을 바라봤다. 아저씨 목소리는 가늘게 떨렸다.

"지영이는 국내에서 제일 큰 요리 페스티벌에 나가고 싶어 했어. 그 페스티벌에서 입상한 사람들은 거의 다 방송을 타고 유명해졌거든. 셰프로서 입지도 굳히고 말이야. 나는 지영이를 도와주고 싶었지. 그래서 새로운 요리 몇 개를 지영이와 함께 만들었어. 그 시절이 나에게는 가장 행복했던 때야. 크림말랑도 그때 만든 거지. 크림말랑은 지영이가 제일 좋아하는 음식이야. 그런데 그 페스티벌이 열리는 즈음에 하필이면 나는 외국 출장을 가게 됐어. 두 달간의 출장이었지. 출장을 마치고 돌아와보니⋯⋯."

아저씨가 말을 멈췄다. 그 다음 말을 기다렸지만 아저씨는 쉽사리 입을 떼지 않았다.

"떨어졌군요?"

"아니."

아저씨가 고개를 저었다.

"입상을 했어. 대상이었어. 그런데 그 뒤로 지영이를 볼 수 없었어."

"헐, 상금을 혼자 먹고 날랐군요."

뭔가 머릿속이 정리되어가는 거 같았다. 대상 상금을 혼자 독차지하고 모습을 감춘 서지영! 그 서지영을 찾으려고 안간힘 쓰는 아저씨. 뭔가 대단한 사연이 있을 거 같았는데 돈과 관련된 사이였군.

"상금은 문제가 아니었어. 지영이가 나중에 내 계좌로 상금을 보내주었지. 고맙다는 말과 함께 말이야."

"그럼 대체 뭐가 문제였는데요?"

정리되어가던 머릿속이 도로 헝클어졌다.

"나중에, 나중에 얘기하자."

아저씨는 이 말을 끝으로 입을 굳게 다물었다.

지하철역 뒤로 펼쳐진 하늘이 서서히 붉게 물들어갔다. 또 하루가 가고 있었다.

"돈은 다 써야 하는 거 아닌가요? 그냥 두고 가긴 아까운데."

한참 후 문득 그 생각이 들었다.

"어차피 사람들은 자신들이 번 돈을 다 쓰지도 못하고 죽는 거야. 그걸 알면서도 아등바등 돈을 더 벌지 못해 안간힘을 쓰지. 아까워서 벌벌 떨면서 쓰지도 못해. 모은 돈은 대부분 다른 사람들이 쓰고 있지. 나도 통장에 돈이 제법 들어 있지. 지영이와 결혼을 하면 근사한 집을 사고 집안 인테리어도 눈 튀어나오게 멋지게 하려고 했었지. 마당 울타리는 동백나무로 하려고 했어. 지영이가 동백꽃을 좋아했거든. 동백꽃은 끝까지 자존심을 지키는 꽃이래. 떨어지는 순간까지 그 모습 그대로 간직하거든. 지영이가 좋아하는 게 내가 좋아하는 거야. 그리고 마당에 모과나무와 대추나무도 심으려고 했어. 작은 연못을 만들어 연꽃이 둥둥 떠다니게 하고 싶었고 잉어도 몇 마리 키워보려 했어. 처마 끝에는 풍경 여러 개를 달아 바람이 노는 소리를 듣고 싶었어. 그런 상상을 하며 돈을 모을 때 정말 행복했단다."

"그럼 얼른 그 꿈을 이루시지 뭐 하다가 그 나이가 되도록 미뤄두고 있었어요? 그럼 그 돈은 다른 가족들이 찾아 쓰겠군요."

내 돈도 아닌데 공연히 아까웠다. 모으기만 하고 쓰지도 못하다니.

"결혼하고 싶은 사람을 만난다는 것은 그리 쉬운 게 아니야. 나는 사십 년 넘게 살면서 결혼하고 싶은 생각이 든 것은 지영이가 처음이었지. 그 전에는 혼자 살려고 했어. 그리고 나는 다른 가족이 없어."

"그럼 은행에 있는 돈은 어떻게 되는 거예요?"

"나도 잘 모르겠다. 은행에 있는 돈뿐 아니라 주식도 좀 있고 살던 오피스텔도 있는데."

"아저씨, 되게 부자였군요."

하긴 특급 호텔에서 셰프로 일했으면 돈을 잘 벌긴 했겠다.

"그럼 오피스텔도 어떻게 되는 건지 모르세요?"

"몰라."

아저씨는 담담했다.

"아, 정말 답답하네요. 진작 내가 죽으면 내 재산을 어떻게 해달라는 유서 정도는 써놔야 하는 거 아닌가요? 혼자 사는 사람이 그 정도 준비성도 없어서 어떻게 해요?"

내 돈도 아닌데 생각하면 생각할수록 아까웠다.

"나는 내가 당장 그렇게 될 줄 몰랐으니까. 내 나이 이제 마흔두 살이고 작년에 건강 검진했을 때 아주 건강하다는 진단을 받았어. 그러니 누가 이렇게 될 줄 알았겠니?"

"아저씨 진짜로 답답하네요. 인터넷에 들어가보면 하루에 수없이 일어나는 게 사건 사고예요. 교통사고로 죽을지 화재로 죽을지, 길 가다 싱크홀을 만나 빠져 죽을지 아무도 모른다고요. 현대인은 언제나 죽음에 노출되어 있어요. 우리 아빠가 매일 술을 퍼마실 때 할머니가 그랬어요. 그러다 병나서 죽으면 어쩔 거냐고, 제발 술 좀 끊으라고. 아빠는 할머니가 돌아가시기 전까지는 먼저 죽을 일 없으니 걱정 붙들어 매라고 큰소리 빵빵 쳤어요. 그때 할머니가 자주 했던 말이 있어요. 세상에 오는 거는 차례가 있어도 가는 길은 차례가 없다고. 누가 먼저 죽을지 아무도 모른다는 말이래요."

"그렇게 아는 게 많은 걸 보니 너는 노출된 죽음에 대비해서 유서를 미리 써두었겠구나?"

아저씨가 물었다.

"저요?"

"그래."

"아뇨. 저와 아저씨는 입장이 다르지요. 저는 가진 게 아무 것도 없거든요. 제가 돈이 어디 있다고 유서를 써요? 저는 사물함에 감춰둔 만 이천 원 외에는 돈도 없고 오피스텔도 없는걸요. 그깟 만 이천 원 갖고 유서를 써놓는다는 것도 무지 웃기잖아요."

"유서라는 게 꼭 돈만 갖고 쓰는 거는 아닌 거 같던데. 남은 사람들에게 하고 싶은 말을 써도 되는 거 아닌가?"

"참 나 원. 내가 누구에게 유서를 남기겠어요?"

나는 퉁명스럽게 말했다. 그런데 그 순간 할머니 얼굴이 눈앞에 그려졌다. 할머니에게 미리 유서 같은 거라도 써놨어야 했나?

ㅡ혹시나 해서 하는 말인데요, 내가 죽더라도 너무 충격 받지 마세요.

수찬이에게도

ㅡ혹시 내가 죽더라도 네 탓이 아니야.

이러고 말이다.

"죽기 일주일 전쯤 죽는 날을 미리 알려주면 참 좋을 텐데요. 그럼 살살 준비할 수 있잖아요."

나는 한숨을 쉬며 말했다 아저씨가 쓰윽 내 얼굴을 바라봤다.

"그래. 살면서 그걸 모른다는 게 함정이지."

"만약 말이에요. 아저씨와 내가 죽기 전으로 돌아간다고 쳐요. 누군가 '일주일 후에 당신이 죽습니다' 이러고 알려준다면 아저씨는 일주일 동안 뭘 하겠어요?"

갑자기 궁금해졌다.

아저씨는 턱을 치켜들고 곰곰이 생각했다.

"누군가 미리 그걸 알려준다고 해도 나는 똑같이 생활했을 거 같다. 그래도 유서는 한 장 썼을 거 같구나.

누구나 죽을 때가 되면 남기고 싶은 말은 있지 않겠니?"

"아저씨는 살면서 자신의 삶에 대해 후회 같은 거는 하지 않는 스타일이신 거 같아요."

"뭐, 꼭 그런 거는 아니지만 내가 죽기 일주일 전, 그때는 아마 그랬을 거야. 그러는 너는 일주일을 어떻게 보낼 거니?"

한참 후에 아저씨가 물었다.

"글쎄요."

나는 탁자 모서리를 매만지며 생각했다.

"지금 생각해보니 일단 유서는 써야 할 거 같아요."

"누구에게? 아, 수찬이라는 친구와는 동지애를 느낀다고 했었지. 그 아이에게 남기고 싶은 말이 있겠구나. 내가 네 스쿠터를 훔쳐 타다 사고가 나도 절대 나를 원망하지 말기, 뭐 이런 거 말이다."

하여간 상상하고는.

"그런 거 아니에요."

"그럼 아빠에게 무작정 두들겨 맞지 말고 도망이라도 치라고 말해주고 싶니?"

"뭐 그런 말도 하고 싶긴 해요. 바보처럼 제자리에서 얻어맞지 말고 반항을 하든가 그 자리를 박차고 나가라고 말이에요. 하지만 그것보다……. 아무튼 유서는 써야 할 거 같아요. 머릿속이 엉망진창이고 정리되지 않아 딱 꼬집어 말할 수는 없지만요."

나는 매만지던 탁자 모서리에서 까칠하게 솟은 나무 부스러기 하나를 잡아뗐다. 그러다 그만 나무 부스러기가 손가락을 찔렀다. 생각지도 못한 통증에 정신이 번쩍 들었다. 그 순간 죽음은 이렇게 예고 없이 찾아오는구나, 라는 생각이 들었다.

"아저씨, 전부터 궁금한 점이 있었는데요. 사람들이 음식을 먹고 열심히 긁었던 카드 값이요, 그 돈은 누구에게 들어갔을까요? 서호는 사람이 아니니 돈이 필요하지 않을 거 같고. 아저씨는 궁금하지 않으세요?"

"서호 말고 누가 그 돈을 가질 수 있겠니. 사람이 아니라도 돈이 필요할 때는 있겠지. 여기저기 사기를 치고 다니려면 말이다. 돈이 필요하니 우리를 이용했을 수도 있겠지. 내가 식당 안에서 꼼짝하지 못한다는 걸 미리 알았다면 어떻게 해서든지 서호와 협상을 했을 거다. 치사한 여우 같으니라고. 말하기 곤란하니 주의사항이니 어쩌니 하며 쪽지 하나 달랑 쥐여주고 바람처럼 사라졌지. 하여간 만나는 날 내가 그냥 넘어가지는 않을 거다."

아저씨 말을 듣고 보니 서호가 원했던 것은 피 한 모금이 다가 아니었다. 사십구일간 나와 아저씨의 노동력 또한 필요로 했던 거다. 돈을 구하기 위한 노동력.

"그냥 넘어가지 않으면 어떻게 하실 건데요?"

서호는 이미 천 년 가까운 시간 동안 천 명에 가까운 사람들의 뜨거운 피를 마셨다. 서호는 불사조가 되는 날을 바로 눈앞에 두고 있다고 했다. 사람보다 여러 가지 면에서 뛰어날 거다. 걷지 않고 날 것이며 먹지 않고도 살아낼 수 있을 거다. 아저씨가 견줄 상대는 아니다.

"코털이라도 뽑아버리지."

나는 아저씨 말에 웃음을 터뜨리고 말았다.

"코털 뽑을 때 저도 거들게요."

"네가 도와준다면 머리털까지 다 뽑아버릴 수 있을 거 같구나."

아저씨도 웃었다.

"하지만 한편으로는 이런 기회를 얻은 게 고맙기도 해."

아저씨가 말했다.

"저도요."

"뭐? 너는 별로 탐탁지 않게 생각했잖아? 나한테 억지로 끌려온 거 아니었나?"

"처음에는 그랬었지요. 하지만 마음이 바뀌었어요. 그런데 방에 있는 돈 포대는 어떻게 해야 하는 거죠? 우리 마음대로 써도 되는 돈인가요? 하긴 쓸 수 있다고 해도 밖에 나갈 수가 없으니 소용없지만요."

"돈도 서호가 알아서 하겠지."

아저씨는 창밖을 하염없이 바라보며 무슨 생각인지 깊이 했다. 그리고 밤늦게야 방으로 들어갔다. 그리고 곧 방에 불이 꺼졌다. 나는 다른 날과 마찬가지로 탁자를 붙이고 누웠다. 한 시간 뒤면 칠 일이 남게 되는 거다. 딱 일주일.

'일주일 뒤면 정말 완벽하게 죽게 되는 거구나.'

나는 몸을 뒤척였다. 쉽게 잠이 오지 않았다.

아저씨의 비밀들

아저씨가 사라졌다.

아침에 눈을 떴을 때 시계는 벌써 아홉 시 삼십 분을 넘어가고 있었다. 달걀 프라이라도 하려고 주방으로 가다 방문이 열려 있는 걸 봤다. 아저씨는 항상 방문을 꼭 닫고 자는데 왜 열려 있는지 잠깐 의아하게 생각했지만 화장실에 갔는가 보다 여기고 달걀 프라이두 개와 토마토 세 개를 갈았다. 시들시들해진 토마토를 보며 아저씨와 내가 이 식당에 머문 사십 일 이상의시간을 실감했다.

"아저씨, 아침 드세요."

달걀 프라이와 토마토 주스를 들고 주방에서 나오며소리쳤다. 여전히 방문은 열려 있는데 대답이 없었다.이상한 마음이 들어 방 안을 들여다보니 아저씨가 없었다. 화장실에도 없었다.

"미쳤어."

나는 신음 소리처럼 내뱉었다. 밖에 나간 게 확실했다. 발가락이 찢어지는 듯한 고통, 마취도 하지 않고 수술을 하는 듯한 고통, 그런 극한 고통을 감수하고 아저씨가 또 나간 거다.

나는 어떻게 해야 하는 건가, 불안해졌다. 나도 아저씨처럼 나가봐야 하는 거 아닌가. 이제 고작 일주일 남은 시간을 이렇게 허무하게 보낼 수는 없지 않나. 하지만 용기가 나지 않았다. 아저씨가 밖에 나갔다 돌아온 날의 모습은 그만큼 충격이었다.

출입문에 붙여진 아저씨의 메모를 본 것은 열한 시가 다 되어갈 때였다.

　─얼마 남지 않은 시간, 이렇게 앉아서 보낼 수 없
　어 나간다.

짤막한 메모였다.

메모를 보고 나도 나가야겠다는 결심을 했다. 나 역시 아저씨처럼 앉아서 그 시간을 보낼 수는 없었다. 궁금한 거는 다 확인하자. 할머니가 정말 내 죽음에 충격을 받았는지, 나를 보고 싶어 하는지 알고나 죽자. 살아 있을 때 내게로 향하던 할머니 마음은 오직 미움과 원망의 덩어리였다고 생각했었다. 그 생각이 혹시 틀린 것은 아니었는지 확인이나 하고 죽자.

나는 밖으로 나왔다. 햇살이 눈부셨다. 맨살에 내려앉는 햇살은 유리창을 넘어 들어오던 햇살과는 비교할 수 없었다. 슬금슬금 손등과 얼굴을 기어 다니는 햇살의 움직임이 간지러웠다. 살아 있는 햇살이다. 공기도 달랐다. 코밑을 밀고 들어온 공기는 목 안을 타고 넘어가 몸 안을 휘젓고 다녔다. 역시 살아 있는 공기다. 시들거리던 온몸의 세포가 다시 싱싱해지는 느낌이었다.

나는 한라병원을 향해 걸었다. 걱정했던 고통은 아직 없었다. 그러나 언제 찾아올지 모르는 고통에 대한 두려움에 몸은 뻣뻣하게 굳어 있었다. 걷는 것이 불안정했다. 가끔 아주 낮은 턱에 걸려 비틀거리기도 했다.

거의 한 시간 남짓 걸어 한라병원에 도착했다. 보통 때의 걸음걸이라면 삼십 분이면 뒤집어쓰고도 남을 거리였다.

"여기에 온 게 잘한 걸까?"

병원 입구에 서자 그 생각이 들었다.

'만약 수찬이와 수찬이 엄마 말이 사실이 아니면?'

실망과 함께 할머니가 더 미워질 거 같다. 원망도 더 해질 거 같다. 어쩐지 두려웠다.

'그래도 이왕 왔으니.'

나는 걸음을 옮겼다.

백발 할머니 말대로 환자의 대부분은 노인들이었다. 그리 넓지 않은 병원 마당에는 대여섯 개의 벤치가 있었고 벤치에는 노인들이 앉아 해바라기를 하고 있었다.

나는 병원 건물 안으로 들어갔다. 바로 정면에 안내 데스크가 있었다.

"김옥자 할머니가 몇 호실에 입원해 계신지 알고 싶

어서요."

"504호입니다."

갈색 유니폼을 입은 직원은 신속하게 병실을 알아내 주었다.

─땡.

엘리베이터가 1층에 멈췄다. 엘리베이터 문이 열리고 안에 있던 사람들이 내리는 순간 나는 너무 놀라 비명을 지를 뻔했다. 아저씨가 엘리베이터 안에 있었다. 그리고 아저씨 옆에는 간호사복을 입은 서지영이 굳은 얼굴로 있었다. 나는 얼른 옆으로 비켜섰다.

둘은 엘리베이터에서 내려 마당 벤치로 걸어갔다. 나는 멀찌감치 떨어져 둘을 따라갔다. 아저씨는 서지영을 어떻게 찾아낸 걸까.

아저씨와 서지영은 사람들이 뜸한 맨 안쪽 벤치에 나란히 앉았다. 멀리서 본 아저씨의 얼굴이 차마 눈 뜨고 봐줄 수 없을 정도로 파리했다. 그러고 보니 밝고 찬란한 햇빛 아래에서 아저씨의 모습을 보는 거는 처음이었다.

구미호 식당에 처음 오던 날이 떠올랐다. 아저씨는 달빛이 흐르는 유리창에 비친 모습을 보고 이미 죽은 사람의 얼굴을 떼다 붙인 게 아니냐고 투덜거렸었다. 그때는 그 말이 그저 무서울 뿐이었었다. 그런데 그 말이 맞는 거 같다.

아저씨와 서지영이 무슨 말인가 주고받았다. 나는

둘이 눈치 채지 못하도록 뒤쪽으로 걸어 다가갔다. 마침 둥치가 제법 굵은 나무 하나가 벤치 뒤에 있었다. 나는 나무 뒤로 몸을 숨겼다.

"왜 믿지 못하지? 내가 이민석이라니까. 이 반지 기억 안 나? 내 손가락에 항상 끼어져 있던 거야."

아저씨는 손을 활짝 펴 서지영 앞으로 내밀었다. 아저씨의 오른손 검지 손가락에서 반지가 빛을 내고 있었다.

"정말 왜 이러세요? 말이 되는 소리를 하세요. 제발 농담 그만하시고 찾아온 용건을 말씀하세요. 제가 할 말은 저번에 다한 거 같은데요."

서지영은 아저씨 말을 믿지 않았다. 믿을 턱이 없다. 내가 지금 할머니를 찾아가 '내가 도영이에요.' 이러고 말하면 절대 믿어주지 않을 거처럼. 믿기는커녕 미친 놈 하나 나타났다고 할 거다.

"정말 요리를 영영 그만둘 건가? 간호사로 살 거냐고?"

"이민석 씨가 또 물어보라고 시키든가요? 정말 몇 번이나 말해야 내 말을 알아들을지 모르겠군요. 다시는 요리를 하는 일 없을 거예요. 저번에 식당에 갔을 때도 그 점을 분명히 말씀드렸고 이민석 씨에게도 전해달라고 부탁했을 텐데요?"

"왜 꿈을 버리려고 하지? 그 남자가 꿈보다 더 소중한가?"

아저씨 질문에 서지영은 한동안 아무 말도 하지 않

왔다. 대답 대신 하늘만 바라봤다.

"이제는 입이 아파서 더 이상 말하고 싶지도 않은 부분이에요."

서지영은 혼잣말처럼 중얼거렸다.

"최고의 요리사가 되고 싶어 하지 않았나?"

아저씨가 물었다.

"그랬었지요. 그래서 늦게 요리공부를 시작한 거였어요. 요리를 시작하고 참 행복했었어요. 음식 재료 하나하나를 정성스럽게 다듬고 썻고 만들면서 행복감에 울컥해지며 울었던 날도 많았으니까요. 새로운 요리를 개발하느라고 밤을 꼬박 새워도 피곤한 줄 모르고 하루하루가 설렜었죠."

"나도 그랬어."

"제발 이민석 씨인 거처럼 말하지 마세요."

서지영이 얼굴을 찡그렸다.

"이민석 씨도 요리를 사랑하는 셰프였어요. 저도 알아요. 요리 앞에서는 한없이 경건하고 한없이 순했지요. 요리를 할 때 이민석 씨의 눈빛은 맑고 투명했어요."

"그 눈빛을 사랑한다고 하지 않았나?"

아저씨가 또 서지영이 말하는 중간에 툭하니 끼어들었다. 서지영은 아저씨를 힐끗 보더니 작게 한숨을 내쉬었다. '별별 이야기를 다하는 사이인가 보네' 그러고 이렇게 중얼거렸다.

"좋아요. 이민석 씨와 비밀이 전혀 없는 사이인 거 같으니까 다시 한번 정확히 말씀드리지요. 저는 이민석 씨와의 그 좋고 좋았던 감정, 이제 남아 있지 않아요. 끝없이 괴롭힘을 당하면서 그 감정이 남아 있다면 그게 더 이상한 거겠지요. 감정을 다 정리하고 간호사로 돌아온 거예요. 다시는 요리를 하지 않을 거예요. 전해주세요. 다 끝난 일이고 다시 시작할 수 없는 사이라고. 그때의 그 감정으로 다시 돌아갈 수 없다고요."

서지영 말에 아저씨는 발끈했다. 파리한 얼굴이 흉측하게 변했다.

"솔직히 말해. 그 남자 때문이라고. 솔직하게 말하면 되는 건데 왜 그리 변명을 해대지? 그 남자 때문에 마음이 변한 거라고 말하라고. 네 마음은 쉽게 변했어. 나에게로 향했던 그 마음은 그 남자의 등장으로 한순간 돌아섰지. 요리 페스티벌이 그 증거야. 내가 외국 출장을 간 사이 그 남자와 함께 요리 페스티벌에 나갔잖아? 그리고 나에게 배운 요리로 대상을 받았지. 내 말이 틀렸나?"

분함을 참지 못한 아저씨의 입가가 벌벌 떨렸다.

"기막혀. 대상을 받은 요리는 이민석 씨와 개발한 요리가 아니에요. 내 나름대로 연구하고 연구해서 만든 요리예요. 이민석 씨는 대회 때 제가 했던 요리의 이름을 기사를 통해 알고 있어요. 알고 있으면서도 왜 자꾸 속 터지는 말을 하는지 모르겠어요. 저는 요리를 가르쳐준 이민석 씨에게 너무 감사했어요. 그래서 상금도 이민석 씨에게 줬다고요. 나중에는 상금을 자기한테 준 거까지도 트집을 잡더라고요. 상금을 준 이유가 뭐냐?

솔직한 이유를 대라. 뭐가 미안해서 주는 거냐? 후유."

서지영은 한숨을 쉬며 다시 하늘을 바라봤다. 서지영의 얼굴이 꽤 지쳐 보였다.

"나는 인정을 받고 싶었어요. 대단하다는 칭찬을 받고 싶었어요."

서지영은 여전히 하늘을 보며 중얼거렸다.

"뭐라고?"

아저씨가 물었다.

"크림말랑은 최고의 요리였지요. 부드럽고 다정한 음식이에요. 힘들고 지칠 때 그리고 마음속이 허할 때 위로가 되어주는 따뜻한 음식이지요. 크림말랑을 만들 때 나는 참 행복했어요. 이민석 씨도 마찬가지였을 거예요. 이민석 씨와 나는 약속했었죠. 크림말랑은 영원히 우리 둘만의 비밀 음식으로 하자고요. 우리 둘만 만들어 먹는 그런 음식이 되게 하자고요. 둘만이 알고 있는 비밀의 음식! 정말 설렜어요. 나는 이민석 씨가 크림말랑을 만든 것처럼 둘만의 음식을 나도 만들고 싶었어요. 그래서 연구했지요. 페스티벌에서 대상을 받은 요리도 바로 제가 연구한 요리였어요. 하지만 어쩐지 둘만의 비밀 음식으로는 부족한 느낌이 들었어요. 나는 내가 마음에 쏙 드는 비밀 음식을 만들 수 있는지 내 능력을 일단 실험해보고 싶었지요. 그래서 내가 만든 요리로 페스티벌에 나간 거고 대상을 받았어요. 대상을 받고 흥분해서 당장 이민석 씨에게 전화를 했지요. 기뻐해줄 줄 알았어요. 너 참 잘했다, 칭찬해

줄 줄 알았어요. 그런데 그게 아니었어요. 함께 요리를 한 남자와는 어떤 사이냐? 왜 자기가 모르고 있는 요리를 했느냐? 싸늘했던 그 목소리를 기억하면 지금도 온몸이 떨려요."

서지영은 몸을 움츠렸다.

"그리고 그 후로 끝없이 의심하고 괴롭히기 시작했지요. 요리에 같이 나갔던 남자와 무슨 사이냐고 묻고 또 묻고 급기야 미행을 하기도 하면서요. 친구라고, 그 친구 역시 요리사라고 말해도 귀를 막은 사람처럼 듣지 않았지요. 흥분해서 폭력을 휘두르는 걸 보면서 나는 모든 걸 다 포기했어요. 지금 나는 편안해요. 행복과 편안함, 지금 내게 둘 중에 하나를 고르라고 하면 편안함을 선택하겠어요. 많이 힘들고 지쳤어요. 다시는 이민석 씨를 보고 싶지도 않아요."

"며칠 전에 그 사람이 나를 찾아왔더군."

"그 친구도 요리를 그만두었어요. 나에게 미안해하고 있지요. 페스티벌에 자기랑 나가면 안 되느냐고 그 친구가 졸랐었거든요. 그 친구에게도 이민석 씨는 우상이었고 이민석 씨 요리를 좋아했던 친구예요. 이제 나와 친구는 다 내려놓았어요. 그러니까 제발 그만 좀 괴롭히라고 전해주세요. 한동안 이민석 씨가 보이지 않아 이제 마음을 바꿨나 보다, 생각했었는데……. 크림말랑 이벤트를 한다는 소식을 접했을 때 하늘이 무너지는 줄 알았어요. 나를 또 찾는 거구나, 생각했어요. 찾아오지 않으면 찾아 나설 거라는 말에 섬뜩했어요. 몇 날 며칠을 앓아누웠지요. 보다못한 나나와 그 친구가 찾아갔던 거예요. 이제 정말 그만했으면 좋겠어요."

서지영은 두 손으로 머리를 감쌌다.

"결국 그 남자와 결혼할 건가? 친구라고 끝까지 우기더니 결국은 결혼한다는 말이잖아? 그렇다면 내 말이 맞는 거잖아? 내가 무턱대고 의심한 게 아니잖아?"

아저씨가 물었다.

"내가 힘들 때 곁에서 지켜주었어요. 지켜주는 사람에게 마음이 가는 거는 당연해요."

"그렇다고 결혼을 해? 결혼은 좋아하고 사랑해야 하는 거야. 지켜주는 거는 똥개들도 할 수 있는 거라고."

아저씨 입가로 비웃음이 흘렀다. 나는 아저씨가 답답했다. 서지영은 아저씨를 좋아했던 감정 따위는 조금도 남아 있지 않아 보였다. 이럴 때는 그냥 쿨하게 잘 먹고 잘살아라, 이러고 돌아서는 게 훨씬 멋져 보이는데.

"아무튼 이민석 씨에게 그렇게 전해주세요. 결혼할 거니까 이제 포기 좀 하라고요."

서지영 목소리가 격양되었다.

"나는 그 결혼 인정 못 해."

아저씨가 두 주먹을 불끈 쥐었다.

"그 말, 이민석 씨가 전하라고 했군요. 제 결혼을 왜 이민석 씨가 인정하지 못 한다는 거지요?"

내 말이. 아저씨가 서지영의 아빠도 아니고 말이다. 무슨 자격으로 그런 말을 하는지.

내가 볼 때 서지영의 말은 진심인 거 같았다. 하긴 나라도 그렇겠다. 이유가 어찌 되었든 미행하고 폭력을 행사하는 행동은 상대방을 힘들게 한다. 폭력을 행사하는 사람은 잘 모를 수도 있겠지만 당하는 입장에서는 하루하루가 살얼음판을 걷는 거 같다. 늘 불안하고 가슴이 콩닥거리며 어떤 것을 먹어도 맛을 모르겠고 웃긴 것을 봐도 웃지 못한다. 나는 서지영이 어떤 심정이었는지 충분히 이해할 수 있을 거 같았다. 나도 아는 걸 아저씨는 인정하지 못하고 있다. 문득 할머니가 했던 말이 떠올랐다. 할머니는 사랑에 눈이 멀고 콩깍지가 씌이면 어느 길로 가는 게 훨씬 이익이고 바람직한지 다 잊는 멍청이가 된다고 했다. 아빠가 그랬다면서 말이다.

아저씨는 깊은 수렁과도 같은 감정에서 빠져나오지 못하고 허우적대고 있는 거다. 서지영은 이미 빠져나와 그 수렁에 빠졌다는 거조차 다 잊고 있는데 아저씨는 아직도 그곳에서 언젠가는 서지영이 돌아올 거라고 믿고 기다리고 있는 거다.

'인터넷에 그런 이야기가 뜰 때마다 어떤 사람들이 저러고 사나 했더니 아저씨 같은 사람들이었네.'

나는 고개를 흔들었다.

생각해보니 나만 보면 코를 킁킁거리고 인상을 쓰던 민지도 그랬다. 민지는 수찬이가 자기를 좋아한다고 믿었다. 그건 천만에 만만에 콩떡 같은 생각이다. 수찬이는 민지를 좋아하지 않았다.

어느 날 수찬이가 민지에게 치킨 몇 조각을 준 것이 그런 오해를 불러왔다. 나는 그날을 생생히 기억한다. 수찬이가 배달을 하다 그만 스쿠터를 탄 채 넘어진 적이 있었다. 배달하던 치킨 상자가 열리는 불상사가 일어났고 치킨 몇 조각은 아스팔트길에 흩어졌다. 남은 치킨만 배달할 수도 없는 상황이었다. 그 모습을 길을 가다 우연히 봤는데 그때 거짓말처럼 민지가 나타났고 민지는 호들갑을 떨며 수찬이를 일으켜 세우며 어쩌면 좋으냐고 걱정을 해댔다. 수찬이는 상자에 남은 치킨을 바라보며 한숨을 쉬다 그걸 민지에게 주었다. 그게 다였다. 그 상황이 수찬이가 민지를 좋아해서 치킨을 준 상황은 아니었다. 그런데 그날 이후로 민지는 수찬이가 자기를 좋아한다고 믿었고 종종 아이들에게 그 말을 하며 입을 삐죽였다. 저는 좋아하지 않는데 수찬이가 혼자 그런다고 말이다. 수찬이 입장에서는 복장이 터질 일이다. 하지만 수찬이는 민지가 그러거나 말거나 상관도 하지 않았다. 그 일 때문에 나는 민지가 더 싫고 미웠다. 착각은 자유라고 하지만 다른 사람에게 피해를 주면 안 된다. 지금 다시 생각해도 한 번 손봐주지 못하고 죽은 게 억울했다. 그런데 아저씨도 민지와 같다니.

"그럼 이 반지는 뭐지? 이 반지를 나에게 주면서 네가 했던 말을 잊지 않았겠지? 이 반지처럼 모든 것의 빛이 바래지 않을 거라고 말했었어. 기억하지?"

아저씨가 오른손을 흔들었다.

"댁이 왜 이민석 씨 반지를 가지고 있는지 모르겠군요."

서지영은 아저씨 손가락에 있는 반지를 물끄러미 바라봤다.

"부정하지 않겠어요. 하지만 빛은 바랬어요. 숨으면 찾아내고 다시 숨으면 또 찾아냈지요. 끊임없이 미행하고 의심을 품는 것에 제대로 된 대답을 하지 못하면 사람들이 있거나 없거나 개의치 않고 폭력을 휘둘렀지요. 횡단보도 중간에서 그런 적도 있었어요. 얼굴을 맞고 쓰러졌을 때 이민석 씨는 횡 하니 가버리고 나를 향해 쏟아지는 수많은 자동차 클랙슨 소리에 어쩔 줄 몰라 했었지요. 그 기억은 수시로 나를 찌르고 누르고 아프게 해요."

맙소사! 나는 너무 놀라 입을 떡 벌리고 아저씨를 바라봤다. 나도 폭력 꽤나 당해봤지만 이 정도는 아니었다. 아빠나 형은 사람들이 있으면 양의 탈을 쓸 줄 아는 사람들이었다. 서지영의 말이 맞다면 아빠나 형은 감히 아저씨한테는 명함도 못 내미는 수준인 거다.

아, 진짜. 사람은 오래 사귀어봐야 안다더니 아저씨에게 그런 면이 있다니.

"사람의 마음은 흘러가는 방향을 억지로 만들지 못해요. 그저 흐르는 곳이 길이 되는 거지요. 나는 지금 이민석 씨와 관련된 일들을 기억하면 춥고 떨려요. 지긋지긋하기도 하고요. 이 말을 꼭 전해주세요."

서지영은 '지긋지긋'이라는 말에 유독 힘을 주었다. 그 순간 아저씨 손이 번쩍 올라갔다. 아저씨의 두툼한 손이 서지영의 뒤통수를 내리쳤다. 흐흑! 서지영이 신음 소리를 냈다. 찰나에 일어난 일이었다. 나는 너무 놀라 이러지도 저러지도 못하고 입만 벌린 채 서 있었다.

"너는 내 손아귀에서 벗어나지 못해, 절대로. 나는 죽어서도 너를 따라다닐 거야."

아저씨가 다시 손을 번쩍 들었다. 뛰어나가 말려야 하나 어쩌나, 그 생각을 하는 순간이었다.

"으윽."

갑자기 아저씨가 새우처럼 몸을 구부리며 벤치에 엎드렸다. 그러더니 몸을 배배 틀며 괴로워했다. 그 고통이 찾아왔다.

서지영은 놀라서 손으로 입을 가리고 아저씨를 바라봤다. 아저씨는 데굴데굴 굴렀다. 서지영은 병원 건물로 달려갔다.

"아저씨."

나는 아저씨에게 다가가 몸을 흔들었다. 아저씨 입술은 시퍼렇게 변했고 얼굴은 흙빛이었다. 아저씨는 가쁜 숨을 내쉬며 괴로워했다.

그때 의사와 간호사 두 명이 이쪽으로 달려오고 있었다.

"정신 차리세요. 여보세요, 여보세요."

의사는 아저씨 뺨을 치며 소리쳤다.

"아는 사람이니?"

의사가 물었다. 나는 고개를 저었다. 어쩐지 그래야 할 거 같았다. 의사와 간호사는 아저씨를 부축해서 병원 안으로 들어갔다.

한순간 태풍이 몰아치고 간 느낌이었다. 어떻게 해야 할지 몰라 한참 동안 그 자리에 서 있었다. 옆에서 지켜본 아저씨의 고통은 엄청나 보였다. 나에게도 고통이 찾아오겠지. 그러기 전에 얼른 구미호 식당으로 돌아가야겠지, 맞아 그래야 돼.

마음을 먹고 돌아설 때였다.

"이게 누구냐? 구미호!"

누군가 내 등을 내리쳤다. 얼른 뒤돌아봤다. 형이었다.

"저쪽에서 보고 설마하고 왔더니 진짜 너였네. 여기 어쩐 일이냐? 여기서 만나니 반갑다."

형이 히죽거리고 웃었다.

"아는 사람이 아파서 왔냐? 혹시? 혹시 사장님이 아픈 거 아니냐? 그럴 줄 알았다. 검사는 했냐? 엄청 아프다지? 혹시 죽을병은 아니라던? 네 얼굴을 보니 그런 소리 들은 거 같은데? 그래서 내가 뭐라고 했냐? 진즉 병원에 가보라고 했지? 돈만 많으면 뭐해."

아주 소설을 써라, 소설을.

"왜 말도 없이 알바 안 나왔어?"

"설마 그거 따지러 온 거냐? 후유, 가고 싶어도 못 간다. 할머니가 수술을 하셨거든. 꼼짝도 못하고 누워 있는데 내가 어떻게 가냐? 간병인을 쓰려고 해도 얼마나 비싼지. 돈이라고는 먹고 죽으려고 해도 없는데 간병인 쓸 돈이 어디 있어. 내가 몸으로 때워야지."

형은 캬아악! 가래를 끌어모아 뱉었다.

"그래서 돈 훔치러 왔었어?"

"뭐?"

"그래서 한밤중에 식당에 침입했느냐고?"

그 문제는 확실히 하고 싶었다.

"얘가 뭐래? 아 유 클리쥐?"

형이 머리 위로 손가락을 뱅글뱅글 돌렸다.

"며칠 전 밤에 주방 창문을 넘어 들어왔잖아? 내가 모를 줄 알고."

나는 주머니를 뒤적여 단추를 꺼내 내밀었다. 그때 형의 휴대폰이 요란하게 울렸다. 병실 간호사의 긴급 호출이었다. 할머니가 위급 상황인 거 같았다. 형은 허둥지둥 달려갔다.

예전에는
미처 몰랐던 일들

잠시 시간차를 두고 나도 504호로 올라갔다. 병실 문은 활짝 열려 있었고 문 옆에는 환자들 이름이 있었다. 할머니를 포함해 네 명이 입원해 있는 다인실이었다.

―김○자

할머니 이름이었다. 나는 병실 안으로 머리를 들이밀고 할머니를 찾았다. 하지만 응급 상황이라 다른 곳으로 옮겨갔는지 할머니는 보이지 않았다.

5층과 6층 사이 계단에 한참 동안 앉아 있다가 다시 병실로 갔다. 여전히 할머니는 없었고 다른 환자 한 명이 침대에 앉아 과자를 먹고 있었다. 할머니와 비슷한 나이로 보였지만 정확한 것은 모르겠다. 할머니와 할아버지 나이를 가늠하기가 쉽지 않다. 일흔 살이 조금 넘었거나 여든 살이 넘었거나 혹은 아흔 살, 백 살이라고 해도 내 눈에는 똑같이 보였다.

계단에서 조금 더 기다려봐야겠다고 생각했다. 복도

를 걷는데 발바닥에 이상한 기운이 느껴졌다. 찌릿하고 따끔했다. 전기에 감전되는 느낌이라고 할까, 뾰족한 것에 찔리는 느낌이라고 해야 할까. 한 번도 경험해 보지 못한 낯선 느낌이었다.

'혹시 고통이 시작되는 건가?'

가슴이 덜컥 내려앉았다. 머리 위로 두려움이 쏟아졌다. 그 두려움은 컸다. 빨리 돌아가야 할 거 같았다.

부지런히 엘리베이터 앞으로 갔다. 찌릿하고 따끔거리는 증상의 강도는 조금씩 더 심해졌다. 심장이 폭발할 듯 빠르고 강하게 뛰었다.

그때 맞은편 환자 전용 엘리베이터가 열렸다. 바퀴 달린 간이침대에 누워 있는 할머니가 눈에 들어왔다. 할머니는 침대에 반듯하게 누워 눈을 껌벅거리고 있었다. 나는 몸을 옆으로 돌려 할머니 눈을 피했다. 형도 옆에 있었지만 나를 보지 못한 거 같았다. 간호사가 침대를 밀고 병실로 향했다. 형은 그 뒤를 따라갔다.

"할머니는 괜찮은가?"

나는 잠시 망설이다 통증이 시작된 오른쪽 다리를 질질 끌며 504호 앞으로 갔다. 할머니는 침대에 옮겨지고 있었다. 형이 이쪽으로 고개를 돌리는 순간 나는 재빨리 벽에 붙어 섰다. 잠시 후 간호사가 병실에서 나갔다.

"아, 진짜 놀랐네. 죽는 줄 알았잖아."

툴툴거리는 형의 목소리가 들렸다.

"나는 빨리 죽고 싶다."

할머니 목소리다. 오랜만에 할머니 목소리를 듣자

말로 표현할 수 없는 온갖 감정들이 파도처럼 밀려왔다. 그러더니 뜬금없이 눈물이 핑 돌았다.

"아이 씨. 그럼 죽어, 얼른 죽으라고."

형이 소리쳤다. 싸가지 하고는.

나는 당장이라도 들어가서 형의 멱살을 비틀어잡고 싶었다. 저 인간이 그렇지. 내가 잠깐 잘못 생각하고 있었다. 형이 할머니 병원비 때문에 돈을 번다고 생각했다. 수술비 때문에 돈을 훔치러 식당에 들어왔다고 믿었다. 그건 말도 안 되는 깜찍한 상상이었다.

"죽을 거다, 이놈아. 아이구, 우리 도영이. 그 어린 것을 먼저 보내고…… 아이구."

할머니가 울먹였다.

ㅡ우리 도영이.

나는 처음 듣는 그 말에 가슴 한쪽이 먹먹해졌다. 십오 년을 살면서 할머니가 나를 '우리 도영이'라고 부른 적은 없었다. 저놈의 새끼, 이놈의 새끼, 할머니가 나를 부를 때 단골로 쓰던 말이다.

"그렇게 죽고 싶으면 도영이 따라서 죽든가."

형이 화를 버럭 내며 말했다. 아, 진짜 저 싸가지를 어떻게 해야 하나.

"곧 죽을 테니까 걱정 말아, 이놈아."

할머니 목소리에서 걸걸 가래 소리가 났다. 힘겹게 들렸다.

"아이고 도영아."

"나 참, 나 원. 듣기 싫어 죽겠네. 죽고 나서 그렇게 찾을 걸 왜 살았을 때는 매일 구박만 했어? 이 새끼 저 새끼, 여우 같은 년이 낳은 자식이 그렇지 하면서 도영이 엄마랑 도영이랑 싸잡아 욕했잖아. 체육복 하나 새로 사달라고 하는 것도 갖은 구박 다 해가며 겨우 사주고. 어쩌다 고기반찬을 해도 도영이가 먹으면 아까워했잖아? 이렇게 후회할 걸 왜 그랬느냐고?

"내가 언제 고기반찬을 아까워했어?"

할머니가 펄쩍 뛰었다.

"아까워했어. 도영이가 열 살 때인가. 고기반찬을 허겁지겁 먹을 때 옆에서 눈을 하얗게 흘겼잖아. 꼭 팥쥐 엄마 같았다니까."

"……."

"잘 생각해봐. 내가 도영이라고 해도 더럽고 치사했겠다. 세상에서 제일 치사한 게 뭔지 알아? 먹는 거 갖고 그럴 때야."

나도 기억한다. 그날 고기반찬을 먹었다고 얼마나 구박을 받았는지 나는 그날 이후로 집에서 고기는 절대 먹지 않았다.

"아이고, 이놈아. 그날은 애비가 아파서 먹으려고 사온 고기였어. 돈을 빌려서 말이다. 그런데 도영이가 다 먹으려고 해서 그런 거였지. 내가 고기반찬이 아까워서 그랬냐? 내가 그러면 너라도 도영이한테 잘해주지 그랬냐? 도영이가 뭘 갖고 있는 꼴을 절대 못 보고 허구한 날 뺏기만 했잖어."

"와, 할머니 사람 잡네. 누가 뭘 빼앗았다고 그래?"

"동전 한 개도 도영이가 갖고 있는 꼴 못 봤잖아. 서랍장에 감춰둔 돈도 네놈이 훔쳐가고 도영이한테 뒤집어씌웠잖아?"

"알고 있었어?"

"그럼 알지 이놈아. 내가 눈을 감고도 천 리를 내다보는 사람이야."

할머니도 알고 있었다. 진짜 도둑이 형이라는 걸.

"그리고 너도 도영이한테 먹는 거 갖고 눈치 줬어. 언제더라. 순대를 사와서 너 혼자 처먹었잖아. 도영이가 옆에서 침 질질 흘리며 하나 집어먹으려고 하니까 있는 대로 겁주면서. 창자 하나 안 집어주고 너 혼자 다 처먹으니까 맛있던? 이놈아."

"몰라, 생각 안 나."

형은 생각나지 않는다고 했지만 나는 그날도 생생하다. 나는 형이 순대를 다 먹고 나서 방바닥에 떨어진 당면 몇 조각을 주워 먹었었다. 선지가 묻은 붉은 당면. 할머니와 형은 무심코 던진 말이었고 별 생각 없이 하는 행동이었는지 모르지만 나도 바로 어제 일처럼 선명하게 기억하고 있다. 할머니와 형의 대화를 듣고 있자니 왕도영! 나는 참으로 불쌍한 아이였다.

"오리발 내밀지 말어."

"누가 오리발을 내밀어? 도영이를 구박한 거는 할머니야. 아무리 아프지만 인정할 거는 인정하자고."

나쁜 놈 같으니라고. 그걸 굳이 뭐 하러 따진담. 저러다 혈압 받아 할머니가 또 위급하게 될까 봐 조마조

마했다.

"아이고, 내가 어디 도영이가 미워서 그랬겠냐. 사는
게 힘들고 속상하니 그랬지. 어쩌다 그렇게 태어나 고
생인가 싶어 안쓰러워 그랬지. 그리고 뭐라고 말만 하
면 불뚝하니 성질을 부리는 바람에 속도 터지고 말이
야. 말도 없는 것이 왜 그렇게 화는 잘 내는지, 아이고.
살갑게 구는 성격이었다면 그렇게 구박받지는 않았을
텐데, 아이고."

할머니가 박자를 맞춰 아이고를 노래처럼 했다.

"하긴 도영이 그 새끼, 걸핏하면 화내고 지랄이었지.
그 새끼는 열 살부터 사춘기였던 거 같아."

"자꾸 새끼, 새끼 하지 말어. 듣기 싫어."

"아이고야. 새끼라는 말은 할머니가 도영이 부를 때
쓰던 말이야."

"그래도 지금은 쓰지 말어. 그러지 말어."

"알았어. 알았다고. 아무튼 도영이는 열 살 때부터
사춘기가 시작이었던 거 같아. 그때 눈 오는 날 아빠한
테 쫓겨났을 때 있잖아. 한밤중에 할머니가 온 동네를
다 찾아다녀도 못 찾았잖아. 나중에 개집 안에서 찾아
냈었지. 새끼, 아니, 새끼라고 한 말은 취소. 아무튼 저
때문에 나랑 할머니랑 잠도 한숨 못 잤는데 저는 개집
안에서 쿨쿨 잘도 자고 있었지. 그 새끼, 아, 새끼라는
말이 입에 붙어서 잘 안 떨어지네. 도영이는 할머니가
부르는 소리 듣고도 모른 척했을 거야."

할머니가 나를 찾아다녔다고? 처음 듣는 말이다.

"지금 생각하니 오죽했으면 불러도 못 들은 척했을까 싶다. 아이고. 잘해주어야지 생각하다가도 얼굴을 보면 화가 불뚝불뚝 나고 그랬지. 지 엄마한테 버림받고 열다섯 살에 세상을 등지다니, 아이고 불쌍해서 어쩌나."

할머니는 쉰 목소리를 쥐어짜내며 말했다.

"이제 그만해. 의사 선생님이 안정을 취하라고 했잖아. 그러다 수술 후유증이라도 생기면 어쩌려고 그래?"

"그래봤자 죽기밖에 더 하겠어."

"아, 그럼 빨리 죽어."

"죽을 거라고 이놈아."

도돌이표가 있는 노래처럼 다시 처음으로 돌아왔다.

할머니가 잠잠해졌다. 그리고 잠시 후 패앵! 하고 할머니 코 푸는 소리가 들렸다.

발바닥에서 시작된 통증은 점점 다리 위로 올라오고 있었다. 무릎관절이 찌릿찌릿했다.

'어서 돌아가야 해.'

가슴도 조여 드는 거 같았다. 심장 쪽에도 확실한 통증이 느껴졌다.

"아 참. 우리 도영이 유골함 어디 있지?"

몸을 돌리려는데 할머니 목소리가 들렸다.

할머니 말을 듣는 순간 온몸에 소름이 돋았다. 내 유골함? 유골함이라면 내 몸은 이미 화장을 해서 가루가 되어 항아리 안에 들어가 있다는 말이다. 내 몸이 뜨거운 불 속에서 탔다니. 나는 이렇게 돌아다니고 있는데. 말도 안 돼.

"집에 있지. 할머니가 빨리 퇴원을 해야 강에 뿌려주러 가지. 도영이가 죽는 날 할머니가 쓰러져서 그대로 있잖아."

"도수야. 도영이 말이다. 강에다 뿌리지 말고 납골당에 자리를 마련해주자. 그 뭐냐, 유골함도 넣어놓고 사진도 넣어놓고 보고 싶을 때마다 한 번씩 가서 보게. 강에다 획 뿌리고 말면 나중에 보고 싶을 때 어쩌냐."

"돈이 어디 있어? 납골당은 공짜로 들어갈 수 있는 덴 줄 알아?"

통증은 점점 더 심해졌다. 나는 더 이상 할머니와 형의 대화를 듣고 있을 수 없었다. 배 안에 있는 온갖 장기들이 배배 꼬이는 거 같았다. 나는 아랫배를 움켜잡았다.

"그 정도 돈은 있어. 도영이 대학교에 보내려고 내가 한푼 두푼 모아둔 돈이 있다고."

나는 숨을 죽였다. 이 말도 처음 듣는 말이다.

"말이야 바른 말이지 도수 너는 공부에는 관심도 없고 소질도 없잖아. 그런데 도영이는 달라. 그놈이 초등학교 때만 해도 공부를 제법 했었어. 머리가 좋았지. 그래서……."

나는 더는 참지 못하고 거의 기다시피 복도를 지나 엘리베이터 앞으로 왔다.

"왜 그래요?"

지나가던 간호사가 물었다. 나는 고개를 저으며 마

침 도착한 엘리베이터를 탔다.

눈부신 햇살이 얼굴 정면으로 내리쬐자 얼굴에도 통증이 시작되었다. 아저씨는 발가락이 찢어질 거 같다는 말을 하며 정신을 잃었었다. 나는 얼굴이 찢어질 거 같았다. 앞도 잘 보이지 않았다. 식당까지 걸어갈 생각을 하니 까마득했다. 이럴 줄 알았으면 돈을 갖고 나올걸. 택시를 타면 금세 갈 수 있을 텐데. 나는 거의 기다시피 걸었다. 통증은 점점 더 심해지고 있다. 길바닥에 쓰러지면 끝이라는 생각에 이를 악물었다.

구미호 식당 앞에 도착했을 때는 온몸이 땀으로 흠뻑 젖어 있었다. 나는 문을 열려고 안간힘을 썼다. 하지만 문은 쉽게 열리지 않았다. 한기가 들고 구역질이 올라왔다.

이를 악물고 온 힘을 다해 문을 열고 식당 안으로 들어와 쓰러졌다. 신기하게도 식당 안으로 들어서자 고통은 점차 누그러졌다. 온몸이 땅속으로 꺼지는 것 같더니 정신이 점점 흐릿해졌다. 나는 눈을 꼭 감았다.

눈이 부셔 얼굴을 찡그렸다. 서서히 눈을 떴다. 창문을 넘어온 햇살이 얼굴을 내리쬐고 있었다. 나는 벌떡 일어나 앉았다.

'이제 괜찮아진 건가?'

나는 두 손으로 몸을 여기저기 만져봤다. 끔찍했던 통증은 사라지고 없었다. 그제야 식당 안을 둘러봤다. 고요만이 가득 찬 식당 안은 평화로웠다.

천천히 기억을 되짚어봤다. 할머니 얼굴이 떠올랐다.

눈이 퍼붓던 그날 밤, 할머니가 나를 찾아다녔구나. 나는 할머니가 나를 찾지 않았다고 믿고 있었다. 그리고 나는 대학교에 간다는 거는 꿈도 꾸지 않았다. 고등학교조차도 생각해본 적 없다. 초등학교를 졸업하면 중학교에 가고 중학교를 졸업하면 당연히 고등학교에 가고 고등학교를 졸업하면 대학교에 가고 대학교를 졸업하면 취직을 한다는 평범한 질서와도 같은 그런 것들이 나하고는 먼 다른 별의 이야기라고 여겼었다.

'할머니가 미리 알려줬더라면.'

오늘 할머니에 대해 알았던 것을 예전에 미리 알았더라면 내 생활은 많이 달라졌을 거다. 그날 밤, 할머니가 나를 찾아다녔다는 사실만 알았더라도 할머니에 대한 미움은 조금 가벼웠을 거다. 내 체중보다 더 무거운 덩어리가 되지는 않았을 거다. 그 무거운 덩어리를 가슴에 넣고 다니느라 버거워하며 에너지를 다 쓰지도 않았을 거다.

나는 병원에서 할머니와 형이 했던 대화를 곰곰이 곱씹어봤다. 할머니는 말이 거칠다. 형도 역시 그렇다. 하지만 감정이 섞인 듯 오고가는 두 사람의 대화 속에서 둘이 서로를 미워한다는 것은 느낄 수 없었다. 미워하기는커녕 알 수 없는 따뜻한 기운이 둘 사이에 흐르고 있었다. 한 발자국 떨어져서 보니 그것이 보였다.

할머니도 나에게 그랬던 거는 아니었을까? 똑같은 말을 듣고도 나는 형과는 다른 반응을 나타낸 게 아니었을까? 나는 할머니를 너무 가까이에서만 본 것이 아니었을까? 너무 가까이에서 보면 모든 것을 볼 수 없는 것처럼 할머니의 한 면만 봐왔을 수도 있다.

—할머니는 원래 나를 싫어한다. 우리 엄마가 싫으니까. 이 생각이 굳어져 있어 할머니의 다른 면을 아예 보지 않으려고 했을 수도 있다. 콘크리트 벽을 쌓고 살았을 수도 있다.

'이제야 이런 생각이 들다니.'

늦었다. 후회해봤자 되돌아갈 수 없다.

다리를 모으고 무릎에 얼굴을 묻었다. 서호가 떠올랐다. 서호에게 매달리면 죽음을 물러줄 수 있으려나.

'아니야. 서호는 사람의 생명을 어쩌지는 못한다고 했어. 아무나 생명을 주무르는 일은 할 수 없다고 했어.'

나는 한참 동안 그러고 있었다. 햇살은 이미 탁자 위를 지나 계산대 쪽으로 향해가고 있었다.

"아 참, 아저씨."

그때야 아저씨 생각이 났다.

방은 텅 비어 있었다. 심장이 밖으로 튀어나올 거처럼 뛰었다. 돌아오지 못한 건가, 의사와 간호사들에게 잡혀 아직도 병원에 있는 건가? 그건 끔찍한 일이다. 아저씨가 겪고 있을 고통이 고스란히 내 몸에 전해지는 거 같았다.

'어떻게 해야지. 병원으로 찾아가봐야 하나.'

나는 고개를 저었다. 그 고통을 또 겪을 자신이 없었다. 그렇다고 해서 무작정 가만히 있을 수도 없는 일이다.

이러지도 저러지도 못하고 있을 때 화장실에서 신음 소리가 들렸다. 나는 화장실 문을 벌컥 열었다.

"아저씨."

아저씨가 화장실 욕조에 새우처럼 구부리고 누워 있었다.

바람처럼
빨리 지나가는 시간들

"나는 병원에 갔었는데 그곳에서 통증이 시작되어 응급실로 옮겨지는 불상사가 있었지. 겨우 병원에서 도망쳤어."

아저씨가 정신을 차리고 난 후 처음으로 한 말이었다.

"의사가 청진기를 들이대고 간호사가 링거를 꽂고 난리법석을 떨어도 통증은 점점 심해졌지. 나는 병원에서 치료를 한다고 해서 사라질 통증이 아니라는 것을 알고 있었어. 의사와 간호사가 다른 환자를 보는 사이 온 힘을 쥐어짜내어 도망쳤어. 내가 얼마나 정신을 잃고 있었던 거니?"

아저씨가 물었다.

"저도 몰라요. 아저씨가 남긴 쪽지를 보고 저도 밖에 나갔다 겨우 돌아왔으니까요. 돌아와서는 정신을 잃었었어요."

"너도 나갔었다고?"

"엄청난 고통이었어요. 두 번은 겪고 싶지 않은 고통이었지요. 그런데 아저씨는 저번에 그걸 겪고도 또 나갔던 거예요?"

용기가 대단했다.

"시간이 없으니까. 그래도 사십구일 안에는 고통을 감수하면 원하는 걸 얻을 수 있다는 기대가 있잖니. 시간이 지나고 나면 그런 것도 없어지니까. 한 번 죽었는데 설마 또 죽기야 하겠느냐는 마음으로 나갔었지. 그러는 너는 어디에 갔었니?"

"한라병원에요."

나는 조금도 망설이지 않고 말했다. 나와 아저씨에게는 시간이 얼마 남지 않았다. 이 말을 할까 말까 망설이는 그 시간도 아까웠다.

"한라병원?"

아저씨가 흠칫 놀랐다.

"저는 아저씨 봤어요. 아저씨. 서지영이라는 사람이 거기에 있는 줄 어떻게 알았어요? 아저씨는 서지영이라는 사람이 어디에 있는 줄 전혀 모르고 있었잖아요."

나는 단도직입적으로 물었다.

"너, 나를 미행했던 거니?"

"아니에요. 제가 아저씨를 뭐 하러 미행해요?"

"그럼 왜 한라병원에 왔던 거니?"

"질문은 제가 먼저 했어요."

아저씨는 대답하지 않았다. 묵묵히 천장만 바라봤다.

"일단 뭐부터 먹고 얘기하자."

아저씨는 비틀거리고 일어났다. 주방을 향해 걷는 아저씨의 걸음걸이는 불안정했다. 처음 밖에 나갔던 날보다 훨씬 큰 통증에 시달렸고 그 후유증이 크다는 걸 알 수 있었다.

아저씨는 한참 후 달걀 프라이를 들고 나왔다. 평소보다 몇 배는 더 시간이 걸렸다.

"달걀 하나 깨기도 힘들어. 이제 우리에게 남은 시간은 며칠이지?"

아저씨가 포크를 내밀며 물었다.

"육 일이요. 그런데 아까 제가 물었던 말에 대답해주세요."

나는 달걀 프라이 귀퉁이를 조금 떼어 입에 넣었다.

"지난번 지영이가 찾아왔을 때 말이다. 지영이가 쓰던 물티슈 각에 '한라병원'이라는 글씨가 박혀 있더라고. 병원에서 기념품으로 만든 거 같았지. 지영이가 어쩌면 그 병원에 근무할지도 모른다는 추측을 했어. 가보니 역시 내 추측이 맞았어."

아저씨는 달걀 프라이를 먹지 않았다. 포크를 만지작거릴 뿐이었다.

"그런데 너는 그 병원에 왜 갔었니?"

아저씨가 묻는 바로 그 순간

─쿵쿵쿵.

식당 문 두드리는 소리가 났다.

형이었다. 형은 눈에 띄게 핼쑥해진 모습이었다.

"오랜만이다. 목 빠지게 기다릴 때는 코빼기도 안 보

이더니 어쩐 일이야? 식당 문 닫아서 이제 알바 필요 없는데."

아저씨가 한쪽 손을 들고 인사하며 말했다.

"알바하러 온 거는 아니고요."

형은 아저씨 눈치를 보더니 내 팔을 잡아끌었다. 형은 아저씨가 보이지 않는 주방으로 나를 끌고 갔다.

"며칠 전에는 할머니가 갑자기 위급하다고 해서 말을 하다 말았는데 말이야. 일단 단추 내놔라. 그 셔츠가 얼마나 비싼 건 줄 아냐? 단추가 두 개나 떨어져 나가서 어떻게 해야 하나 고민했는데 찾을 수 있게 되어 진짜 잘되었다."

형이 손을 내밀었다. 나는 바지 주머니에서 단추 두 개를 꺼내 형에게 주었다.

"이런 단추는 찾기 힘들거든. 그렇다고 다른 단추를 달 수도 없어. 그러면 셔츠가 폼이 안 나거든."

형은 단추를 주머니에 넣었다.

"그런데 말이다."

형이 목소리를 낮췄다.

"이 사실을 사장님도 알고 계시냐?"

"무슨 사실?"

"답답하네. 그거."

"그거 뭐?"

"아, 새끼. 딱 말하면 떡하고 알아차려야지. 내가 밤에 여기에 왔던 일 말이야."

돈을 훔치러 왔던 일이라고 말하면 금세 알아들을 텐

데 돌려서 말하기는. 도둑질하러 왔던 일이 쪽팔리기는 하나 보네. 밤에 왔던 일이라고 말하면 있어 보이냐.

"모르고 계셔. 말하지 않았거든."

"그으래?"

형 입가에 엷은 미소가 번졌다.

"새끼, 생긴 거하고는 다르게 입은 무겁네. 나는 괜찮은데 공연히 나를 소개해준 그 할머니가 곤란할까 봐 걱정했는데."

그래도 양심은 있었다.

"말 나온 김에 확실히 해두자. 너는 나보고 돈 훔치러 왔다고 말하는데 나는 돈 훔치러 왔던 거 아니야. 자세히 말할 수는 없지만 그 점만은 분명히 알고 있어라. 내가 저번에도 말했잖아. 별일 별일 다 해봤어도 거짓말이랑 도둑질은 안 해봤다고."

거짓말도 사람 봐가며 해라. 내가 너와 형 동생으로 십오 년을 살았다. 닭털을 앞에 수북이 쌓아놓고 지금 잡아먹은 것은 닭이 아니라 오리다, 이렇게 말하는 거와 똑같다. 안 해본 거 좋아하네. 그런데 참 이상하게도 형이 예전처럼 그만큼 믿지는 않았다. 믿기는커녕 왜 저렇게 얼굴이 핼쑥해졌는지 걱정까지 되었다. 이 마음이 대체 뭐람.

"돈 훔치러 온 게 아니면 왜 왔는데? 당당하면 왜 이유를 자세히 말하지 못해?"

"아, 됐고, 나 그만 간다."

형은 볼일 다 끝났다는 듯 팽하니 돌아섰다.

"할머니는 좀 어때?"

나는 형 뒤통수에 대고 물었다.

"새끼. 그래도 인사말 정도는 할 줄 아네. 며칠 전에 네가 왔다 가던 그때 진짜 놀랐었거든. 그런데 응급조치를 하고 난 뒤 괜찮아. 괜찮은 정도가 아니라 말도 아프기 전보다 훨씬 많이 해. 나는 우리 할머니가 그렇게 수다스러운 사람인 줄 예전에는 미처 몰랐다. 지금 나하고 대화하지 않으면 죽어서 후회라도 할까 봐 걱정이 되는지 말도 마라, 말도 마. 의사 선생님도 그 정도면 괜찮다고 그러더라."

형이 돌아보고 웃었다. 그런데 이상했다. 형은 아까부터 자꾸 며칠 전이라고 하는데. 어제 일 아니었나?

"우리가 병원에서 만난 게 어제 아니었어?"

"뭔 소리야? 삼 일 전이잖아. 가만있어보자. 오늘이 목요일이니까 월요일에 네가 왔었어. 식당 그만두었다더니 시간 가는 줄을 모르네. 그런데 식당은 왜 그만두었냐? 사장님이 아파서지? 병원에서 푹 쉬라고 그러지? 그래, 돈도 좋지만 건강이 최고지."

형은 휴대전화를 꺼내 날짜와 요일을 확인시켜 주었다. 무거운 것으로 뒤통수를 얻어맞은 듯 정신이 멍했다. 그럼 나와 아저씨가 삼 일 만에 정신을 차렸다는 말이다.

형이 돌아가고 난 후 아저씨에게 그 사실을 말했다.

"맙소사."

아저씨 입에서 신음에 가까운 탄식이 나왔다. 아저

씨는 비틀거리며 벽에 붙인 종이 앞으로 다가가 동그라미 세 개를 더 그려 넣었다.

"이제 삼 일 남았다는 말이잖아. 이번 주 일요일이 사십구일이 되는 날이야. 이건 정말 너무해."

나와 아저씨는 한동안 서로를 마주 보고 서 있었다. 아저씨 마음이 얼마나 복잡한지 눈빛으로 알 수 있었다. 복잡하기로 치면 내 마음도 아저씨 못지않았다. 딱히 뭘 해야 한다는 목적은 정해지지 않았지만 뭔가 해야만 할 거 같았다. 나는 서호가 제안했을 때 아저씨가 왜 조금도 망설이지 않고 그 제안을 받아들였는지 이제야 확실하게 알 수 있었다. 똥 누고 밑을 닦지 않은 거 같은 이 기분. 아저씨가 그랬을 거다.

아저씨는 식당 안을 계속 왔다갔다했다. 산만해서 정신집중이 되지 않았다. 나도 내가 남은 삼 일 동안 무엇을 해야 할지 생각해야 했다. 며칠밖에 남지 않은 시간을 어떻게 써야 할지.

"아저씨. 좀 가만히 앉아계시면 안 돼요?"

"지금 내가 밖에 나가면 걸어 다닐 수 있는지 없는지 시험 중이야."

"또 나가려고요? 그건 위험해요."

"나도 위험하다는 거 알아. 저번보다 더 극심한 고통이 따라오겠지. 하지만 남은 시간을 이 식당에서 보낼 수는 없어."

몸은 비틀거리고 힘이 없었지만 아저씨 눈빛은 지글지글 끓고 있었다. 아저씨는 걷다가 탁자를 짚고 팔굽

허펴기도 하고 다리운동을 하기도 했다.

"물어볼 말이 있는데요."

나는 조심스럽게 입을 열었다.

"이런 말 하지 않으려고 했는데 아저씨가 또 나가려고 하니까 하는 말인데요. 한라병원에서 아저씨와 서지영이라는 사람이 하는 말을 들었어요. 저는 한발 뒤로 물러서서 제삼자의 입장에서 객관적으로 보았고 그걸 말씀드리는 거니까 오해는 하지 마세요. 아셨죠?"

나는 아저씨 얼굴을 살폈다. 아저씨는 천천히 고개를 끄덕였다.

"아저씨, 서지영이라는 사람은 아저씨를 싫어하고 있어요. 그것도 아주 지독하게요. 저는 아저씨가 그걸 알았으면 좋겠어요. 인정했으면 좋겠다고요. 물론 서지영이라는 사람이 예전에는 아저씨를 좋아했었을 수도 있어요. 하지만 사람 마음은 변할 수 있는 거예요. 드라마나 영화를 보면 그런 거 흔히 볼 수 있어요. 언젠가 시청률 삼십 퍼센트를 넘던 〈강 건너〉라는 드라마 보셨어요?"

"아니, 나는 드라마를 잘 안 봐."

"그 드라마, 진짜 대단했어요. 인터넷에 드라마에 대한 기사가 뜨면 수천 명이 떼로 몰려들어 댓글을 달 정도였으니까요. 그 드라마에서 주인공이 아주 멋진 말을 했어요. 사람을 좋아하는 마음은 강물과 같다고 말이에요. 강물을 잡을 수는 없잖아요."

말을 하다 보니 내가 엄청나게 유식하다는 생각이

들었다.

"나도 알아. 사람의 마음이 늘 한결같겠니? 변할 수
도 있는 게 사람 마음이지."

알고 있다니? 그런데 왜?

"그런데 왜 그러세요? 상대편 마음이 변한 걸 알면
깨끗하게 단념해야지요. 그리고 두 사람의 말을 다 들
어봤을 때 서지영이라는 사람이 아저씨를 더 이상 좋
아하지 않게 된 이유는 모두 아저씨한테 있는 거 같은
데요. 아저씨가 끊임없이 의심했다고 그러잖아요."

이런 말 하는 게 미안하긴 미안하지만 아저씨도 현
실을 직시해야 한다.

"그리고 사십구일이라는 시간을 얻어 여기에 머무는
것도 다 서지영을 못살게 굴기 위해서였지요? 저는 웬
만하면 아저씨 편을 들고 싶은데요, 아저씨, 그러면 안
돼요. 이거 볼래요?"

나는 바지를 걷어 올리고 허벅지에 있는 흉터를 보
여주었다. 예전에 아빠가 집어던진 물건에 맞아 찢어져
서 남겨진 흉터. 시간이 지나면서 흉터는 조금씩 희
미해지고 있지만 아주 없어지지는 않고 있다. 아주 없
어지지 않는 흉터처럼 내 마음속에도 아빠에 대한 미
움이 사라지지 않고 있다. 천사라고 해도 나와 같은 입
장, 서지영과 같은 입장이 되면 같은 생각을 하게 되고
같은 결정을 내릴 거다. 나 또한 내 스스로 살 수 있는
나이이고 형편이었다면 미련 없이 아빠 곁을 떠났을 테
니까.

"아저씨가 앞에 나서면 나설수록 아저씨에 대한 서지영의 미움은 더 커질 거예요. 저도 아빠가 내 곁에 계속 있으면서 나를 못살게 했다면 미움은 더 커졌을 거거든요."

이 말은 사실이다. 아빠가 옆에 없으니까 증오도 미움도 흉터처럼 조금씩 옅어졌다. 아주 없어지지는 않겠지만 말이다.

"아무튼 나가지 마세요."

"……."

아저씨는 아무 말도 하지 않았다. 누가 뭐라고 하던 자신의 고집을 꺾지 않는 스타일이라는 것을 나는 아저씨와 한동안 같이 지내며 알 수 있었다. 아저씨는 고통을 감수하고 또 나갈 거다. 사십구일을 꽉 채우는 날까지.

한 가지 걱정이라면 다시 나갔다가 영영 식당으로 돌아오지 못하면 어떻게 하나 그거였다. 서호가 가만있지 않을 텐데.

"만약 지금 나갔다가 돌아오지 못하면 어떻게 할 건데요?"

한참 후에 물었다.

"그 여우가 나를 못 찾아낼 거 같니? 걱정하지 마라. 내가 식당에 돌아오지 못해도 어떻게 해서든지 찾아내서 뜨거운 피 한 모금을 받아낼 테니."

아저씨 목소리는 차분했다.

마음은 붙잡아 매어둘 수 없는 조각달과 같다

아저씨가 기어이 또 나갔다. 비가 추적추적 내리는 새벽이었다. 아저씨가 나간 식당에 습한 기운이 가득 차고 그 기운 때문인지 불안한 마음은 배가 되었다. 시간이 지날수록 나는 이러고 있어도 되나? 나도 나가봐야 하는 거 아닌가? 하는 불안감까지 더해졌다.

'그래, 할머니를 한 번 보고 오자. 다시는 볼 수 없을 텐데.'

시간은 한 번 지나면 다시는 되돌릴 수 없다.

─영업하지 않습니다.

나는 식당 출입문에 물에 번지지 않는 펜으로 글씨를 써서 다시 붙였다. 그리고 식당에서 나왔다.

비바람이 세찼다. 우산을 썼지만 쓰지 않은 거나 매한가지였다. 사십육 일 동안 주구장창 입었던 파란 트레이닝 바지는 빗물에 젖어 접은 부분이 자꾸 늘어져 땅에 끌렸다.

'아차, 돈 갖고 나오는 건데.'

큰길까지 나오고 나서야 그 생각이 들었다. 나중에 택시를 타고 가면 좋을 텐데 말이다. 죽으라고 일해서 번 돈을 진짜 단 한 푼도 못 써보고 죽게 생겼다.

빨리 걷고 싶었지만 걸음은 마음보다 한참 더뎠다. 빗물로 흠뻑 젖은 몸은 두 배는 무거웠다. 거기에다 오늘따라 내 다리가 더 짧다는 기분도 들었다. 성큼성큼 걷고 싶은데 아장아장 걷는 느낌이라고나 할까. 나는 최대한 속도를 냈다. 비가 내려서인지 거리는 한산했다.

한라병원 건너편에서 도착했을 때는 미친 듯 퍼붓던 빗줄기가 어느 정도 뜸해졌다.

막 횡단보도를 건너려고 할 때 트럭 한 대가 요란스럽게 빗물을 튕기며 달려갔다. 신호 위반이다. 뭐 저런 게 다 있냐? 트럭 뒤에 대고 헛발길을 날리고 다시 길을 건너려고 할 때 신호등 불빛이 빨간색으로 바뀌었다.

구시렁구시렁! 트럭 욕을 해댔다. 트럭만 아니었으면 신호를 놓치지 않았을 텐데 하여간 질서를 지키지 않는 한 사람으로 인해 여러 사람이 피해를 입는다. 그때였다. 길 건너에서 누군가 뛰어왔다. 뭐가 그리도 급한지 우산도 쓰지 않고 정신없이 뛰어왔다.

"어?"

그 사람 얼굴을 확인하는 순간 나는 숨이 멈출 듯 놀랐다. 서지영이었다. 미친 듯 뛰어오는 서지영 뒤로

좀비처럼 달려오는 사람은 아저씨였다. 하다 하다 이
제 추격전까지 벌이고 있다. 서지영은 아저씨에게 잡힐
듯 말 듯 위태로워 보였다. 그 모습이 하도 안쓰러워 나
도 모르게 서지영을 응원했다. 조그만 더 빨리! 빨리!
그때였다. 서지영이 조금의 망설임도 없이 차들이 쌩쌩
달리는 도로로 뛰어들었다.

"어어어어어어. 아 아 안 돼."

그때를 기다리기나 한 듯 버스 한 대가 무서운 속력
으로 서지영을 향해 달려왔다. 가슴이 철렁 내려앉으
며 눈앞이 캄캄해졌다.

─끼이익.

버스 브레이크 잡는 소리에 세상이 터질 거 같았다.

빗물이 흥건한 도로는 호락호락하지 않았다. 브레이
크를 밟아도 버스는 얼음을 지치듯 미끄러졌다. 수천
개, 수만 개의 머리카락이 곤두서는 거 같았다. 숨조차
내쉴 수 없었다.

아저씨는 건너편에 얼음처럼 굳어 있었다.

서지영이 버스와 부딪치기 직전 마치 슈퍼맨처럼 서
지영을 향해 달려드는 남자가 있었다. 바람처럼 빨랐
다. 남자는 서지영을 껴안고 옆으로 넘어졌다. 버스가
무지막지한 소리를 내며 그 옆을 스쳐 지나갔다. 버스
는 이십여 미터 더 가서 멈췄다.

"후유."

나는 깊은 숨을 내쉬었다.

서지영과 남자는 도로에 엎어진 채 꼼짝하지 않았다. 죽었나? 죽었을까? 가슴이 두근두근거렸다.

잠시 후 서지영을 안은 남자가 꿈틀거렸다. 남자보다 서지영이 먼저 몸을 일으켰다. 서지영은 남자 품에서 나와 비틀거리며 일어났다. 멀쩡했다. 남자가 온몸으로 안고 넘어지는 바람에 다치지 않은 거 같았다.

"괘 괘 괜……."

서지영은 남자를 흔들며 울음을 터뜨렸다. 버스에서 운전기사와 승객 서너 명이 내렸다. 버스기사는 어찌 할 바를 몰라 하며 119에 신고를 했다.

그런 모든 일이 일어나는 중에도 아저씨는 여전히 그 자리에 서 있었다. 잠시 후 남자가 몸을 일으키는 순간 얼굴을 볼 수 있었다.

"아."

나는 짧은 신음 소리를 냈다. 그 남자였다. 전에 식당에 찾아왔던 그 남자. 흰 진바지에 물방울무늬의 하얀 셔츠를 입었던 그 남자.

곧 119 구급차와 경찰차가 동시에 도착했다. 남자는 들것에 실려 구급차에 탔고 서지영은 자기 스스로 걸어 구급차에 올라탔다.

ㅡ이옹이옹이옹.

구급차가 요란한 소리를 내며 가고 난 후 경찰들은 사건 현장을 점검했다. 아저씨는 사라지고 없었다. 식당으로 간 걸까? 나는 한라병원에 가는 걸 포기하고 식당으로 돌아왔다.

아저씨는 방에 누워 있었다. 밖에 머무는 시간이 짧아 통증은 그다지 심하지 않았을 거다. 나는 통증이 시작되지도 않았으니까. 그런데도 아저씨는 하루 종일 방에서 나오지 않았다. 먹을 것도 먹지 않았고 물조차 마시지 않았다.

오후가 되자 멈췄던 비가 다시 쏟아졌다. 아저씨는 밤 열 시가 넘어서야 화장실에 한 번 다녀왔을 뿐이다.

아저씨와 나의 하루는 그렇게 지나갔다. 나는 아저씨 대신 동그라미를 그렸다. 동그라미는 모두 마흔일곱 개였다. 이제 아저씨와 내가 머물 시간은 이틀밖에 남지 않았다. 아니, 서호는 사십구일째 되는 날, 새벽에 찾아온다고 했다. 그러니까 남은 시간은 오로지 하루밖에 없다.

밤 열두 시가 조금 넘었을 때 아저씨가 방에서 나왔다.

"잠깐 나갔다 올게."

"지금요? 어딜 가려고요?"

"한 시간이면 충분해. 한 시간 안에는 심한 통증이 찾아오지 않을 테니 너무 걱정하지 말고 자고 있어라."

아저씨 목소리가 얼마나 낮고 무거운지 나는 더 묻지 못했다. 아저씨는 우산도 쓰지 않은 채 밖으로 나갔다.

한 시간 정도면 충분하다고 했는데 두 시간이 지나도록 아저씨는 돌아오지 않았다. 이 정도 시간이 지났으면 통증이 시작되었을 수도 있다. 통증이 시작되었다면 이 빗속을 뚫고 무사히 돌아오기 어려울 수도 있다. 그렇다고 해서 어디에 갔는지 알 수도 없는데 찾아 나설 수도 없었다.

천둥까지 치며 빗줄기는 더 세차졌다. 새벽 두 시가
다 되어갈 때 아저씨는 흠뻑 젖어 돌아왔다. 제대로 걷
지도 못하고 비틀거리며 돌아온 아저씨는 빗물이 흐
르는 셔츠를 벗어 꼭꼭 짜 의자 위에 걸쳐놓고 방으로
들어갔다. 어디에 다녀왔느냐고 물어볼 분위기가 아니
었다.

잠이 오지 않았다. 나는 밤을 꼬박 새웠다. 날이 밝
을쯤 되자 비는 완전히 그쳤다.

아저씨는 아직도 축축한 티셔츠를 입고 주방으로
들어갔다.

-툭툭툭, 측측측.

아주 오랫동안 뭔가 다듬고 손질하는 소리가 들렸
다. 그리고 얼마 후 크림말랑의 고소한 냄새가 식당 안
에 가득 찼다.

마지막 날, 맛있는 음식을 만들어 먹기로 결심한 건
가? 나는 주방 밖에 서서 아저씨의 뒷모습을 물끄러미
바라봤다.

아저씨는 나무주걱으로 펄펄 끓는 크림말랑을 아주
오랫동안 정성스럽게 저었다. 그런 아저씨의 모습은 경
건하기까지 했다.

아저씨는 도자기로 된 냄비를 찾아냈다. 그리고 그
곳에 크림말랑을 떠 담았다. 한 국자, 한 국자, 크림말
랑을 떠 담는 아저씨 손길도 정성스러웠다.

"누구 가져다주려고요?"

나와 아저씨가 먹으려고 도자기 냄비에 담는 것은 아닌 거 같았다.

"응."

아저씨가 짧게 대답했다.

"누구요?"

다른 날 같으면 그 사람이 당연히 서지영이라고 여겼을 거다. 하지만 서지영은 어제 교통사고로 어디로 갔는지 모를 일이었다.

"지영이."

"예? 서지영 씨가 어디에 있는지 아저씨가 어떻게 알고요?"

아저씨는 내 말에는 대답하지 않았다. 아저씨는 싱크대 서랍에서 붉은색 보자기를 꺼내 도자기 냄비를 쌌다.

"오늘이 사십팔 일째지? 다녀오마."

아저씨가 붉은색 보자기에 싼 도자기 냄비를 들었다. 냄비 무게조차도 감당하기 힘들었는지 아저씨가 휘청거렸다.

"같이 가요."

나는 아저씨를 따라나섰다.

아저씨는 한라병원 방향으로 갔다. 서지영이 한라병원에 있느냐고 물으려고 하는 순간,

"지영이가 한라병원에 입원하고 있어. 어젯밤에 가서 확인하고 왔단다. 교통사고 난 장소가 거기니 제일 가까운 병원으로 옮겨졌으면 한라병원이라고 생각했지."

아저씨가 말했다.

"어제 사고 났을 때 보기에는 다치지 않은 거 같던데 입원을 했어요?"

"간호사에게 물어보니 다리에 금이 갔다고 하더라."

나는 그 남자는 어떻게 되었느냐고 물어볼까 말까 망설였다. 그때 아저씨가 내 마음을 들여다본 듯 말했다.

"지영이 남자친구는 타박상 정도란다. 어제는 많이 다친 거 같아 보였는데 괜찮다고 하니 다행이지. 같이 한라병원에서 치료받고 있어."

그런데 이렇게 쳐들어가듯 가도 되는 건지 모르겠다. 어제 아저씨를 피해 도망치던 서지영 모습이 떠올랐다. 크림말랑이고 뭐고 욕만 잔뜩 얻어먹고 오는 거는 아닌지 걱정도 되었다. 서지영이 화를 내며 대들면 아저씨가 팽 돌지는 않을까 그것도 걱정이었다.

앞서 걷던 아저씨가 비틀거렸다.

"그거 제가 들까요?"

"아니야. 이게 마지막인데 내가 들고 가서 주고 싶어."

아저씨 목소리에 힘이 없었다.

"아저씨 혹시나 해서 하는 말인데요. 가서 깽판은 치지 마세요."

"……"

"내일 새벽에 서호가 온다고 했으니까 오늘이 마지막 날이나 마찬가지잖아요. 마지막 날인데 그러지 않았으면 좋겠어요. 그러면 서지영 씨는 두고두고 아저씨를 원망하고 싫어할 거예요. 제 생각에는요, 여태껏 서지영 씨를 못살게 굴었으면 오늘만큼은 쿨한 모습을 보여주는 거예요. 환하게 웃으면서 안녕! 하는 거지요. 잘 먹고 잘살아라, 이러면서요."

나는 손을 흔드는 시늉을 했다. 아저씨가 돌아봤다.

"못살게 굴었다고? 그래, 내가 못살게 군 거 맞지?"

말을 하는 아저씨 얼굴이 쓸쓸해 보였다.

"당하는 사람은 엄청 힘들거든요."

아저씨는 내 말에 가만히 고개를 끄덕였다. 잠시 나를 바라보던 아저씨가 다시 걷기 시작했다.

"제가요, 책에서 읽은 게 생각났는데요. 어려운 책은 아니에요. 제가 책 읽는 거를 싫어해서 어려운 책은 아예 읽지도 않거든요. 아주 쉽고 재미있는 이야기책이었는데요. 어떤 사람이 살았대요."

나는 아저씨 뒤를 따라가며 조잘거렸다. 이 말은 아저씨에게 꼭 해주고 싶은 말이었다. 언제 읽었는지 기억도 까마득한 책 내용이 하필이면 지금 딱 떠올랐다. 이건 하늘의 뜻이다.

"어떤 사람이 하늘에 떠 있는 조각달을 갖고 싶었대요. 그래서 고생고생해서 조각달을 따는 데 성공했지요. 조각달을 집으로 가져온 그 사람은 무지하게 행복했어요. 왜냐하면 자기가 그렇게도 갖고 싶었던 조각달을 손에 넣었으니까요. 그런데 조각달은 날마다 슬퍼하기만 했어요. 생각해보세요. 조각달은 날이 지나면서 반달도 되고 보름달도 되어야 하고 변신을 거듭해야 하는데 손아귀에 갇혀 그러질 못하고 있었으니까요."

"조각달 입장에서는 정말 답답한 노릇이었겠구나."

아저씨가 걸음을 멈추고 돌아보며 말했다.

"조각달은 날마다 울었어요. 그렇게 여러 날이 지난 다음 그 사람은 결심했어요. 조각달을 놔주기로요. 어느 깊은 밤 그 사람은 옥상으로 올라가 조각달을 날려 보냈어요. 넓고 넓은 창공으로 날아오르는 조각달은 그렇게 행복해 보일 수가 없었어요. 그런 조각달의 모습을 보면서 그 사람도 행복했대요. 그게 무슨 뜻이냐면요, 내가 사랑하는 존재가 행복할 때 나도 행복할 수 있다는 뜻이에요. 붙잡아 매어 내 옆에 두려고 하는 사랑보다는 내가 좋아하는 존재에게 자유를 주었을 때 함께 행복해질 수 있다는 이야기지요. 크크크, 이 말은 책 뒤에 있는 지은이의 말을 읽고 알았지만요. 하지만 지은이 말에 나온 고급스러운 말이 아니더라도 책을 읽으며 저는 주인공과 조각달의 마음을 이해할 수 있겠더라고요."

말을 하다 보니 내가 어쩌자고 이렇게 근사한 말을 하고 있나 감탄스러웠다.

"참 의미 있는 이야기구나."

"서지영 씨 마음은 변했어요. 그러니까 쿨하게 가라고 하세요. 마지막으로 멋진 모습 보여주세요."

나는 진심으로 말했다. 아저씨는 들릴 듯 말 듯 한 숨을 쉬고 다시 걸었다.

"그런데 아저씨 한 가지 궁금한 게 있어요."

"뭐냐?"

"크림말랑 말이에요. 재료가 진짜 궁금해요. 국물 재료는 이미 알고 있는데요, 그 재료로는 그런 국물 맛이 절대 나올 수 없거든요. 사실 진짜 맛은 건더기에서 나오는 거지요? 건더기 재료가 뭐예요? 어차피 오늘이 마지막 날이고 저는 내일 아저씨와 함께 강을 건너 완전한 죽음으로 갈 거예요. 저한테는 알려주셔도 될 거 같은데요."

"닭이다."

"예?"

닭이라니, 뜻밖이었다. 크림말랑에서는 닭 냄새가 전혀 나지 않았다. 기름기도 없었다.

"닭을 푹 삶아 다져서 쓰지. 냄새가 나지 않는 것은 국물 재료 때문이야. 국물의 재료가 잡냄새를 잡아주지. 기름기는 처음에 펄펄 끓을 때 건져내야 해. 매운 크림말랑을 만들 때는 아주 매운 청양고추를 넣고 푹 끓인 닭고기를 사용하지. 이게 내가 마지막으로 만든 크림말랑이구나."

아저씨가 보자기에 싼 냄비를 들어보였다.

이제 편하게 떠날 수 있어

그 남자는 환자복을 입고 링거를 꽂은 채 다리에 깁스를 하고 누워 있는 서지영을 돌보고 있었다.

"저 남자를 불러줄래?"

아저씨는 잠시 서지영과 남자를 지켜보다 말했다. 나는 병실로 들어가 남자를 불러냈다. 그리고 조금 떨어져서 아저씨와 남자를 바라봤다. 남자를 보는 아저씨의 눈빛이 전과 많이 달라져 있었다. 부드러워졌다고 해야 하나. 그윽해졌다고 해야 하나.

"무슨 얼굴로 또 찾아왔지요? 지영이가 정말 죽는 거를 봐야만 속이 시원할 건가요? 당신, 이민석 씨와 무슨 관계인지는 모르지만 하는 행동이나 말 하는 게 둘이 아주 똑같군요."

남자는 격앙된 목소리로 말했다.

"아, 아, 아닙니다. 오, 오늘 찾아온 거는 사과하려고 온 겁니다. 어제의 사고, 진심으로 사과드립니다. 버스가 달려올 때 제가 먼저 도로에 뛰어들어 서지영 씨를 구해야 했는데 그러질 못했어요. 저는 겁쟁이였나 봅니다."

아저씨는 금방이라도 눈물을 흘릴 거 같았다.

"그런 말 듣고 싶지 않아요. 빨리 돌아가세요."

남자의 반응은 싸늘했다.

"저는 항상 겁쟁이였습니다. 강하지도 못하면서 강한 척했지요. 강한 척하면 모든 게 다 통하는 줄 알았습니다. 그렇게 하면 제가 원하는 걸 얻을 수 있다고 믿었지요."

아저씨가 울음을 터뜨렸다. 남자는 당황했다.

"왜 울고 그러세요? 당신이 지영 씨를 사고로 밀어넣은 것은 맞지만 그 상황에서 지영 씨에게 뛰어들지 않은 것에 대해 잘못을 묻고 싶지는 않습니다. 당연히 내가 먼저 뛰어들어야지요. 나는 지영 씨를 사랑하니까요."

남자 말에 아저씨는 고개를 숙였다.

"이민석 씨에게도 어제 있었던 일을 자세히 전했습니다. 이민석 씨는 다시는 서지영 씨를 찾아오지 않겠다고 약속했습니다. 그리고 저를 보내는 일도 다시는 없을 거고요. 이거."

아저씨가 보자기에 싼 냄비를 남자에게 내밀었다.

"이게 뭡니까?"

"크림말랑입니다."

"누가 이런 거 먹고 싶다고 했습니까?"

"이민석 씨는 지금쯤 공항에 있을 겁니다. 곧 비행기

를 타겠지요. 외국으로 가서 다시는 돌아오지 않는다고 했습니다. 저 역시도 내일 새벽 비행기로 이민석 씨를 따라갈 거고요. 저는 여기에서 해결할 게 있어서 하루 더 머물게 되었지요. 이 크림말랑은 이민석 씨가 마지막으로 만든 음식이고 서지영 씨에게 사과의 뜻으로 전달하는 음식입니다. 정성을 다해 만들었으니 맛있게 먹어주었으면 더없이 감사하겠다고 전해달랬습니다. 그리고 지영씨에게 요리사의 길을 포기하지 않았으면 좋겠다는 말을 전해달라고 했습니다. 요리를 할 때 지영씨는 가장 행복해 보였다고 했습니다. 마지막으로, 결혼 축하한다고도 전해달랬습니다. 진심으로 행복을 빈다는 말도 했습니다."

아저씨는 금방이라도 울음을 터뜨릴 거 같은 얼굴로 말을 이어갔다. 말 한 마디 한 마디에서 아저씨의 진심이 묻어났다.

"외국으로요?"

"예. 정말 다시는 돌아오지 않을 겁니다."

아저씨는 힘주어 말하며 다시 냄비를 내밀었다. 남자가 보자기에 싼 냄비를 받아들었다. 아저씨는 조용히 돌아섰다.

"저기요"

남자가 아저씨를 불러 세웠다.

"이런 말을 해야 하는 건지 어쩐지……."

남자가 말끝을 흐렸다. 그러더니 곧 결심을 한 듯 입을 열었다.

"말씀하시는 걸 보니 진심인 거 같아서 저도 진실을 말해야 할 것 같습니다. 이민석 씨에게 전해주세요. 지영이와 저는 결혼할 사이가 아니라고요. 지영이와 저는 아주 오래전부터 친구였고 지금도 여전히 좋은 친구입니다."

남자의 말에 아저씨 눈이 커졌다.

"결혼한다고 말한 것은 그래야 이민석 씨가 지영이를 포기할 거 같아서 거짓말을 한 거지요. 지영이는 이민석 씨를 진심으로 사랑하고 좋아했어요. 요리 페스티벌에서 대상을 받았을 때 이민석 씨에게 자랑할 생각에 흥분을 했었지요. 오랜 세월 친구로 지영이를 지켜봐왔는데 지영이가 누군가를 그렇게 좋아한 거는 처음이었습니다. 그런데 이민석 씨는 지영이를 왜 그렇게도 믿지 못했는지 모르겠습니다. 사랑의 빛이 퇴색한 게 참 안타깝습니다. 저는 이민석 씨가 끝까지 지영이를 오해하는 거 원치 않습니다. 그래서 말씀드리는 겁니다. 그럼 안녕히 가세요."

남자는 아저씨를 향해 허리를 숙였다.

남자가 병실로 들어가고 난 후 아저씨는 그 자리에 쪼그리고 앉았다. 그러고는 등을 들썩이며 울었다.

나는 아저씨를 바라보다 발끝을 전해지는 통증에 정신이 번쩍 들었다. 나는 얼른 5층으로 올라갔다. 또다시 통증이 찾아오기 전에 할머니를 한 번 보고 싶었다. 형도 만나고 싶었다.

할머니는 잠을 자고 있었고 형도 침대 옆에 간이침

대를 펴놓고 아주 네 활개를 치며 잠들어 있었다.

나는 살그머니 병실로 들어갔다. 천천히 침대 옆으로 다가가 잠든 할머니 얼굴을 바라봤다. 할머니 얼굴을 이렇게 정면에서 빤히 바라보기는 처음이었다. 항상 곁눈으로 힐끔거리며 보고 굳이 보지 않아도 될 상황이라면 쳐다보지 않고 하고 싶은 말만 했었다.

할머니 오른쪽 눈썹에 점이 있었구나, 귀 옆에는 콩알만한 사마귀가 있고. 십오 년을 할머니와 손자로 살면서 몰랐던 사실이었다. 조금만 눈여겨보면 알 수 있는데 말이다.

"할머니 잘 있어."

나는 중얼거렸다.

"빨리 나아서 퇴원하고 앞으로는 아프지 마."

눈가가 시큰해졌다.

"야."

그때 누군가 내 등을 힘껏 쳤다. 등짝이 내려앉을 거 같았다.

"네가 여기에 웬일이냐?"

형이었다. 형은 입가에 흘린 침을 닦으며 간이침대에서 일어났다.

"병문안 왔냐? 인사성은 있다니까. 그런데 병문안 오는 새끼가 왜 빈손이냐? 음료수라도 사들고 와야지. 하여간 아빠나 아들이나 똑같이 짠다니까. 아빠라는 사람은 다 죽어갈 때까지 병원비가 아까워 병원에도 안 가고, 아들은 남 병문안 오면서 빈손으로 오고. 새끼야, 그러는 거 아니야."

"새끼라는 말 하지 마라. 병문안 온 거 아니야."

"그럼 왜 왔냐? 병문안 온 것도 아니면서 병실에는 왜 왔느냐고?"

나는 할머니가 깰까 봐 따지는 형을 뒤로 하고 병실에서 나왔다. 형이 따라왔다.

"왜 왔느냐고? 용건을 말해."

형이 물었다.

"너 만나러 왔다."

"이게 또 지랄이네. 다섯 살이나 위인 어른한테 너가 뭐야, 너가? 아, 됐고, 내가 왜 힘들여 네 예절교육을 시키냐. 온 용건이 뭐냐? 알바는 안 한다고 분명히 말했다. 그리고 어차피 식당도 장사를 안 할 거 같던데 알바가 필요하지도 않을 테고. 우리는 용건이 없을 거 같은데. 아, 식당 문을 다시 연 거냐? 나중에 할머니가 조금 나아지고 나면 그때는 알바 생각해볼게. 내가 일을 잘하긴 잘하지."

"지난번 한밤중에 식당에 침입한 거, 그거 돈 훔치러 온 거 아니라고 했지? 그럼 침입한 이유가 뭔데?"

온 김에 물어보고 싶었다. 진짜 궁금하다.

"얼씨구. 그게 궁금해서 여기까지 왔니? 다 지나간 일인데 뭐 그런 걸 궁금해하냐? 궁금해하지 마라. 나중에 혹시 다시 알바를 가게 되면 그때 얘기하지, 뭐. 할머니 약 먹어야 할 시간이다."

형은 어서 가보라는 듯 손을 까불었다. 말해주지 않

으려고 하니까 궁금했다.

"그럼 우리 아빠한테 가서 존 왕이 돈을 훔치려고 한 밤중에 창문을 넘어 침입했었다고 말할까? 그때 몸싸움했던 도둑이 존 왕이라고 일러버릴까? 그럼 아빠가 백발 할머니에게 그 사실을 말하겠지. 백발 할머니가 얼마나 곤란해할까? 소개해준 죄로 미안해서 어쩔 줄 몰라 할 거야."

"이 새끼가 협박하네. 좋아, 말해주지. 따라와."

형은 5층과 6층 사이 비상계단으로 갔다.

"생각하기에 따라서는 내가 식당에 갔던 이유도 돈을 훔치려는 것과 같을 수도 있어. 남의 것을 훔치려고 했으니까. 하지만 나는 그날 했던 행동을 후회하고 있어. 사장님에게 말을 하든 말든 그건 네 마음대로 해."

형 표정이 심각해졌다.

"할머니가 쓰러지고 난 후 나는 일을 해야 했어. 생활비와 병원비가 필요했으니까. 그냥 도망가버릴까 생각했는데 그럴 수는 없었어. 그럼 할머니가 어떻게 되겠니? 내가 착한 구석이 있긴 있었나 봐."

이런 상황에 자기 자랑이라니.

"그래서 구미호 식당에 알바 하러 갔던 거다. 그런데 생각지도 않게 할머니가 큰 수술까지 하게 되었어. 나는 돈을 벌어야 한다는 압박감에 시달렸어. 하지만 돈을 훔치려는 생각은 하지 않았어, 결단코. 다만 크림말랑의 재료가 뭔지 알고 싶었어. 국물 재료는 나나가 보낸 문자로 알고 있었지만 제일 중요한 건더기 재료는 모르고 있었잖아. 나는 사장님이 일하는 걸 보면서 냉장고 옆에 은밀하게 감춰놓은 비닐포대를 봤지. 그 비닐포대에 크림말랑의 재료가 들어 있을 거라고 생각했어. 재료를 알면 붕어빵 장사처럼 길에서 만들어 팔아도 될 거 같았어. 그래서 그날 밤, 식당에 갔던 거야."

형은 허공을 보며 말했다.

"남의 음식 비밀을 훔쳐가는 거는 치사한 짓이라며? 직접 말해놓고 까먹어?"

"후회하고 있어. 미안하게 생각하고 있다고."

형이 사과했다. 진심이 느껴졌다.

"나 내일 아빠랑 외국 가. 다시는 돌아오지 않을 거야."

나는 아저씨가 남자에게 했던 말을 형에게 했다. 형 눈이 휘둥그레졌다.

"다시는 안 돌아와? 이민 가냐?"

"이민? 으응. 이민 가."

"어디로?"

그때 왜 스웨덴이라는 나라 이름이 내 뒤통수를 내리쳤는지 모르겠다.

"스웨덴."

"스웨덴? 이야, 돈이 많으니까 좋은 나라로 가네. 스웨덴이 복지도 좋고 살기 끝내준다더라. 좋겠다. 나중에 성공해서 돌아와라."

촌스럽기는. 외국에 간다고만 하면 성공해서 돌아오라는 멘트, 드라마에서 많이 봤다. 잘 살아라, 건강하게 살아라, 행복해라, 이런 말도 많은데 성공해서 돌아오라니. 사람들 모두 성공하기 위해 외국에 가는 것도 아니고 말이다.

형이 손을 내밀었다. 그 순간 눈물이 솟구쳤다. 눈물은 제어할 수도 감당할 수도 없을 만큼 순식간에 폭포처럼 쏟아졌다. 내 스스로도 황당했다.

"새끼 봐라, 그래도 알고 지냈다고 서운해서 우냐? 울지 마라."

형이 내 어깨를 꼭 잡았다. 어깨가 따뜻했다. 형에게 이런 면이 있었구나. 양아치 같은 인간인 줄만 알았다.

엄마가 다르다는 이유로, 말을 거칠게 한다는 이유로, 나를 못살게 군다는 이유로 나는 형에게 보이지 않는 두꺼운 막을 쳤었다. 내가 보고 싶은 각도에서만 형을 봤던 거다.

형 가슴팍에 안기다시피 울고 있는데 발바닥 밑으로 통증이 느껴졌다. 정신이 번쩍 들었다.

"나 그만 갈게."

나는 황급히 돌아섰다. 그 통증! 생각만 해도 끔찍했다.

"야."

재빨리 복도를 걸어가는데 형이 불렀다.

"너 이름은 뭐냐? 그래도 우리가 이름은 알고 헤어져야 하지 않겠니? 내 본명은 왕도수야. 너는?"

"왕도영."

이런 젠장! 나도 모르게 내 이름이 곧이곧대로 나오고 말았다.

"왕도영……."

형은 눈을 끔벅거렸다. 그러고는 다음 말을 얼른 이어가지 못했다.

"새끼, 장난치기는. 수찬이한테 내 동생이 도영이라는 말을 들었구나? 그럼 죽었다는 것도 알고 있겠네…… 도영이 그 새끼, 그 새끼……."

형은 아랫입술을 꼭 깨물며 눈을 끔벅거렸다.

"그 새끼 아주 나쁜 놈이었지? 싸가지 없고."

나는 빠르게 말했다.

아, 정말 내 입이 왜 이러는지 모르겠다. 형이 나를 어떻게 생각하며 살았는지 그걸 꼭 확인해보고 싶냐. 그걸 확인하면 다시 형이 미워질지도 모른다. 나는 내 머리통을 휘갈기고 싶었다.

"야, 내가 전에 말했지. 내 동생은 나와 다섯 살 차이 나는데 꼬박꼬박 존댓말하고 예절도 바르다고. 너 같은 줄 알아?"

형이 침을 꿀꺽 삼켰다. 나는 그때 보고야 말았다. 형 눈에 그렁그렁 차오르는 눈물을. 십오 년 동안 형제로 살면서 우리는 우리도 모르는 사이 서로 통하는 줄 하나를 엮고 살았을 수도 있다. 서로 미워하면서도 말이다. 나는 형 눈을 보고 그걸 알았다.

"미안해, 내가 장난이 심했어. 아 참, 휴대폰 꺼내서 빨리 메모해. 내가 얼른 가야 하거든. 그러니까 빨리."

나는 형에게 다가갔다.

"뭘 메모? 휴대폰 샀냐? 번호 알려주려고? 그래, 가끔 연락하자. 형편 되면 놀러갈 수도 있고. 스웨덴 가서 연락하면 모른 체하지 마라."

형이 휴대폰을 꺼내들었다. 나는 형에게 아저씨에게 들은 크림말랑의 재료를 자세히 알려주었다. 우리는 어차피 외국으로 가니까 형이 크림말랑을 만들어 팔아도 상관없다는 말도 잊지 않았다. 그러는 사이 통증이 무릎을 타고 올라왔다.

"그만 갈게."

나는 서둘러 돌아섰다. 엘리베이터를 타면서 뒤돌아봤다. 형이 지켜보고 서 있었다.

"아 참."

나는 다시 형에게 다가갔다.

"수찬이한테 말 좀 전해줘. 수찬이가 저번에 크림말랑을 사러왔다가 나랑 아주 오랫동안 이야기를 나눴거든. 수찬이는 형 동생 왕도영이 사고로 죽은 거를 자기 탓이라고 생각해. 스쿠터를 탄다고 했을 때 말리지 못했던 거로 많이 힘들어 하고 있어. 그런데 내가 스쿠터 타는 거를 좋아해서 하는 말인데……."

"너도 스쿠터 타는 거 좋아해? 보나마나 면허도 없을 텐데. 야, 이 새끼야. 너 그러지 마. 사고는 한순간 나는 거야. 그래도 수찬이는 석 달 전에 생일이 되어서 면허는 따고 스쿠터 타는가 보던데. 면허증 그거 아무 것도 아닌 거 같아도 되게 중요한 거야. 그러지 마라. 다시는 타지 마. 가만? 스웨덴에서도 애들이 스쿠터를 많이 타나? 뭐 스웨덴 아이들이라고 다르겠어? 다 똑같지. 타지 마라."

형이 팔짝 뛰었다.

"좋아. 스웨덴에 가면 안 탈게. 아무튼 내가 스쿠터 타는 거를 좋아해서 하는 말인데 그거 타면 되게 신나 거든. 기분 우울할 때는 최고야. 수찬이한테 전해줘. 왕도영은 수찬이 같은 친구를 둔 걸 고맙고 자랑스럽 게 생각할 거라고. 수찬이 덕분에 기분이 땅으로 꺼질 때마다 하늘을 날 수 있었다고."

"새끼, 진짜 도영이가 된 거처럼 말하네. 알았다, 그 렇게 꼭 전해줄게."

형이 눈물을 꿀꺽 삼켰다.

"그럼 진짜 간다, 형."

나는 처음으로 형을 똑바로 보고 형이라고 불렀다.

"형이라고 부르니까 좋다."

형이 웃었다.

아저씨는 병원 입구에서 기다리고 있었다. 통증이 찾아온 아저씨는 몸을 배배 틀며 괴로워했다. 나도 통 증이 심해졌다.

식당까지 어떻게 왔는지 모르겠다. 몸을 지탱하는 뼈가 다 녹아내리는 듯한 고통이었다. 식당에 들어와 서 아저씨와 나는 곧바로 쓰러졌다. 하지만 짧은 외출 덕이었는지 정신을 잃지는 않았다.

저녁 무렵 아저씨는 냉장고와 창고를 털어 남은 재 료로 음식을 했다. 마지막 만찬을 준비하는 아저씨의 모습은 진지하고 경건해 보이기까지 했다. 탁자 위에

갖가지 음식들이 차려졌다.

"네가 달 이야기 했었지?"

아저씨가 젓가락을 들며 물었다.

"조각달 이야기요?"

"그래. 나는 지영이에게 조각달로만 살라고 했던 거 맞는 거 같다. 내가 조각달을 좋아한다는 이유로 말이야. 나는 지영이가 반달 모양의 사랑, 보름달 모양의 사랑을 하는 것을 인정하지 못했어. 내가 원하지 않는 것은 들으려고도 하지 않고 눈과 귀를 다 막고 받아들이려고 하지 않았지. 내 뜻대로 따라주어야 사랑이라고 여겼어. 내 생각이 정답이라고 여겼어. 정답이라고 정해놓고 나면 다른 제안은 절대 받아들이려 하지 않았고 용서도 못했어. 사랑은 조각달 모양도 있고 반달 모양도 있으며 보름달 모양도 있다는 걸 진작 알았더라면 나와 지영이 관계는 지금과 어떻게 달랐을까?"

아저씨가 고개를 숙였다.

"내 사랑이 절대적이라고 믿고 지영이 사랑은 의심했던 내가 말이다. 정작 지영이가 위험한 상황에 놓이는 순간 어떤 생각을 했는지 아니? 으흠."

아저씨 입에서 신음소리가 나왔다. 아저씨 괴로운 표정으로 나를 바라봤다.

"버스가 거대한 괴물로 보였다. 지영이를 구하겠다고 뛰어들면 내가 죽을 수도 있다는 생각을 했단다. 이미 나는 죽은 사람이라는 것도 까마득히 잊고 말이야. 진짜 웃기지 않니? 그런데 친구라는 그 남자는 조금의 망설임도 없이 뛰어들었어. 나는 내가 그렇게도 진정하고 강하다고 외치던 내 사랑이 얼마나 얄팍하고 보잘것없는 것인지 깨달았단다. 그런 나를 지영이가 진심으로 사랑했다니, 미안하다. 정말 견딜 수 없을 정도로 미안해."

아저씨는 두 손으로 얼굴을 감쌌다.

"그걸 미리 알았더라면 내 삶도 달라졌겠지. 지영이를 괴롭히고 내 스스로를 못살게 구는 일을 하지 않았을 테니 말이다. 그리고 지영이와 꿈꾸던 집을 짓고 행복할 수도 있었을 텐데 말이야. 왜 나는 내 생각에 갇혀 살았을까. 하지만 지금이라도 알고 떠나서 다행이다. 지영이가 진심으로 행복해질 수 있었으면 좋겠다. 옆에 좋은 친구가 있으니까 마음이 놓이긴 해."

한참 후 아저씨는 손을 내렸다.

"서호에게 고맙다는 말을 해야겠어. 간사스러운 사기꾼 여우인줄 알았더니 꼭 그렇지만은 아닌 거 같구나. 자기를 만난 것을 행운이라고 여기라고 하더니 맞는 말이야. 먹자. 내가 그동안 익힌 솜씨를 최대한 발휘해서 만든 요리니까."

아저씨가 고구마찜을 내 앞으로 밀었다.

영원한 삶은 없다

새벽이 지나고 날이 훤히 밝아오도록 서호는 오지 않았다. 아저씨는 혹시 우리가 이곳에 있다는 걸 서호가 깜박 잊었을지도 모르는 일이라고 했다. 하도 많은 사람들을 만나는 바람에 헷갈릴 수도 있다고 말이다. 아니면 이미 서호는 천 사람의 뜨거운 피를 모두 마셔 불사조가 되어 떠났을 수도 있다고 했다.

"만약 그러면 우리는 이제 어떻게 해야 하냐?"

아저씨가 걱정하는 순간 문이 스르르 열렸다. 순간 나와 아저씨는 누가 먼저랄 것도 없이 긴장된 표정으로 바뀌었다.

하지만 식당 안으로 들어선 건 서호가 아니었다. 짙은 남색의 양복을 입고 검은 와이셔츠에 하얀 넥타이를 맨 남자였다.

"식당 문 닫았답니다."

아저씨는 친절하게 말했다.

"서호 대신 왔어. 후유, 찾느라고 애먹었네. 사람들을 어찌나 여기저기 흩어놨는지 찾아다니느라고 가랑이가 찢어질 뻔했다고."

남자는 숨을 내쉬더니 탁자에 걸터앉았다.

"이런 이런, 얼굴 꼴을 보니 밖으로 어지간히도 나다닌 모양이군. 죽은 자가 산 사람들의 세계를 휘젓고 다니면 그 고통이 끝내주는데 말이야. 서호가 주의를 주지 않았었나? 하긴 그 교활한 여우가 그런 거까지 살뜰하게 살피지는 않았겠지."

남자는 콧방귀를 뀌었다.

"혹시 산 사람들에게 받은 돈을 쓰지 않나? 주의사항을 받지 않았으면 신나게 쓰고 다녔을 수도 있겠군. 그러면 진짜 큰일인데. 가는 길에 엄청난 고통을 겪어야 하거든."

엄청난 고통이라는 말에 정신이 번쩍 들었다.

"돈을 쓰면 안 된다고요? 정말요? 그런 주의사항은 없었는데요. 물론 한푼도 쓰지 않았지만요."

"그나마 다행이군. 가는 길에 힘들다, 아프다, 하소연하면 나도 덩달아 힘들어지거든."

"아, 맞아. 내가 주의사항이 적힌 종이를 박박 찢을 때 밖에 나가지 말라는 주의사항 밑에 두어 줄 더 있었던 거 같아. 그게 그 말이었나 봐."

아저씨가 나지막하게 말했다.

"아무튼 가자고."

남자가 벌떡 일어났다.

"그런데 궁금한 게 있는데요, 우리가 번 돈은 어떻게 되나요?"

나는 방 안에 있는 돈을 이대로 두고 가도 되는지 의문이 들었다.

"그거? 너네들이 이곳을 나서는 순간 종이로 변하지. 사람은 세상에 올 때 빈손으로 왔다가 떠날 때 빈손으로 간다는 말 못 들어봤나? 그런 이치라고 할 수 있지. 죽은 사람이 번 돈은 돈이 아니야. 빨리 가자고."

남자가 미끄러지듯 문을 나섰다. 나와 아저씨는 남자 뒤를 따라갔다.

─붕붕 부르르릉.

식당 밖으로 나왔을 때 스쿠터 한 대가 요란스럽게 달려왔다. 수찬이 엄마였다.

"어머, 문을 닫았네. 크림말랑이 먹고 싶어서 왔는데. 치킨도 아주 특급으로 맛나게 만들어 왔는데 어쩌지."

수찬이 엄마는 식당 문을 두드렸다. 나와 아저씨가 바로 옆에 서 있는데도 보이지 않는 모양이었다.

"이제 이 세상에서 크림말랑의 맛을 볼 수는 없어요."

아저씨가 중얼거렸다.

아저씨는 모른다. 곧 이 동네에 크림말랑을 파는 포장마차가 생길 수 있다는 것을. 포장마차가 발전하면 크림말랑 전문 식당이 될 수도 있다. 식당 이름은 '존왕 식당'이겠지. 아니, '왕도수 식당'일 수도 있다.

수찬이 엄마는 그 식당의 단골이 될 거다. 수찬이 엄마에게 크림말랑은 약과도 같다고 했다. 수찬이 엄마는 크림말랑을 먹고 건강해질 거다. 수찬이가 스쿠 터를 타고 배달하는 일은 이제 없을 거다. 생각만 해도 신이 났다.

"그런데 서호는 어디 갔어요?"

길을 걸으며 아저씨가 남자에게 물었다.

"죽었어."

"예? 죽어요? 곧 불사조가 된다고 했는데?"

"다른 이가 살아날 가능성을 모두 빼앗고 뜨거운 피를 얻어먹으면 불사조가 될 거라고 믿었지. 하지만 불사조라는 것은 존재하지 않아. 모든 생명이 있는 것은 생명을 얻는 출발점에 섰을 때 죽음이라는 것도 함께 얻어. 더불어 행복과 불행이라는 것도 같이 얻지. 살아가며 행복과 불행, 둘 중에 어떤 선택을 하느냐는 오로지 자신들의 몫이야. 제대로 살면 행복하지. 제대로 산다는 것은 후회하지 않는 삶이지. 하루하루를 마지막 날처럼 마음을 열고 살면 그런 삶을 살 수 있어. 마음을 열면 나에게는 물론 모두에게 너그러워지고 여러 각도에서 주변을 돌아볼 수 있는 여유도 생기거든. 하지만 대부분의 사람들은 영원히 살 거라고 멍청한 생각들을 하지. 그러느라 죽을 때 꼭 후회해, 후회해도 소용없는 순간에 말이야. 아아 멍청한 것들. 어때, 너희들은 멍청한 부류에 속하지 않나?"

남자가 물었다. 나와 아저씨 역시 멍청한 부류에 속했다.

"서호 그 여우도 태어나는 순간부터 불사조를 꿈꾸

며 헛된 시간을 보냈지. 여우로 살아도 꽤 행복했을 수 있었는데 그게 뭔지도 모르고 말이야. 멍청한 여우 같으니라고. 덕분에 나만 더 바빠졌네."

남자가 얼마나 근엄하고 무서운지 그러는 아저씨는 누구냐고 물어볼 수가 없었다.

얼마를 걸었을까? 햇살을 가득 받은 아저씨의 얼굴이 원래의 아저씨 얼굴로 변했다. 나는 내 얼굴을 만져 봤다. 두툼한 턱선과 튀어나온 광대뼈. 원래 왕도영, 내 얼굴이었다.

"서호가 멍청한 덕에 너와 나는 그나마 홀홀 털고 갈 수 있게 되었어. 고마운 일이지. 하지만 서호가 없으니 앞으로 죽는 사람들은 그런 행운을 잡을 수 없게 되겠지?"

아저씨가 남자를 부지런히 따라가며 말했다. 아저씨는 한 번도 뒤돌아보지 않았다. 나도 그랬다.

작가의 말

『구미호 식당』은 오래 묵히고 묵혔던 이야기를 풀어놓은 소설이다. 아주 오래전 친구와의 이별이 이야기의 첫 싹이 되었다. 적어도 수십 년은 세상을 함께 살아갈 거라고 믿었던 친구의 죽음은 슬픔과는 좀 다른 묵직한 감정이 되어 지금껏 나와 함께했다. 그 감정은 또 다른 이별을 맞이하며 모양이 구체적으로 만들어졌고 세상 밖으로 나오게 되었다.

사람은 누구나 죽는다. 죽지 않고 영원히 사는 사람은 없다. 하지만 그 사실을 알면서도 죽는다는 걸 까맣게 잊고 살아가다 갑작스럽게 사람들은 죽음을 맞이하게 되고 또 이별을 하게 된다. 그 사람들의 마음을 들여다보고 싶어 나는 소설 속에 중간계를 만들었다.

중간계를 만들고 소설을 쓰다 보니 역시 죽은 사람이나 남은 사람이나 이별 앞에서는 크기와 색깔이 다를 뿐 누구나 후회한다는 사실이었다. 되돌릴 수 없는 후회다.

운이 좋은 사람은 중간계에 잠시 머물며 자신이 살았던 삶을 뒤돌아보고 떠날 수 있다. 하지만 누구나 중간계에 머물 수는 없다. 어쩌면 이 소설이 끝나면서 중간계는 다시 부활하지 못할 수도 있다. 도영이와 이민석이 마지막이자 처음으로 중간계에 머문 인물일 수도 있다는 말이다. 나는 이 책을 읽는 독자들이 중간계가 결코 필요치 않는 삶을 살기를 바랄 뿐이다.

오늘 죽음이 나를 찾아온다면 후회하지 않을 수 있는지 스스로에게 물어보자. 그리고 시간이 나에게 머물 때 그 시간 안에서 최선을 다하자고 말하고 싶다. 최선을 다하면 행복하다. 행복은 늘 내 옆에서 내가 손을 내밀기를 기다리고 있다. 행복하지 않다는 것은 내가 손을 내밀지 않았기 때문이다.

묻고 싶다.

'당신에게 일주일밖에 시간이 없다면 당신은 무엇을 할 것인가요?'

어떤 대답이 나올지 모르겠다.

그러나 확실한 것은 그 일주일처럼 하루하루를 살아가는 것이다. 그게 정답이다.

박현숙

구미호 식당

ⓒ 박현숙

초판 1쇄 발행일 | 2020년   7월 27일
초판 4쇄 발행일 | 2021년   8월 10일

지은이 | 박현숙
펴낸이 | 사태희
편집인 | 유관의
디자인 | 권수정
마케팅 | 장민영
제작인 | 이승욱 이대성

펴낸곳 | (주)특별한서재
출판등록 | 제2018-000085호
주 소 | 04037 서울시 마포구 양화로 59, 화승리버스텔 703호
전 화 | 02-3273-7878
팩 스 | 0505-832-0042
e-mail | specialbooks@naver.com
ISBN | 979-11-88912-83-4 (03810)